Opal
オパール文庫

ロイヤル・プリンスの求婚
今日から私がお姫様

御堂志生

プランタン出版

※本作品の内容はすべてフィクションです。

第一章　プリンスに会いたくて

八王子《はちおうじ》の駅から電車に乗って一時間弱。東京都には住んでいるものの、年に一回訪れるか訪れないかの都心の駅に春名優美《はるなゆみ》は降り立った。

五分ほど歩くとすぐに目的の高層ビルが見えてくる。

三十七階建て、二百メートルに少し足りない高さのビル、ライジング・タワー。その入り口に立ち、優美は上を見上げた。

（うわぁ……どこが一番上か見えない）

ビルのてっぺんが雲に届くほど高く感じる。その果てしなく高いビルが彼女に向かって倒れてくるような錯覚に、ほんの少し眩暈《めまい》がした。

このライジング・タワーが竣工《しゅんこう》したのは今年の一月――約半年前のことだ。

そのため、どこもかしこも真新しくて、ビル全体がピカピカと輝いて見える。ビルが高く見えるのも、倒れてくるように感じるのも、この輝きに圧倒されているせいかもしれない。

ライジング・タワーに入る予定のテナントは、ほとんどが入居し、オープン済みだとテレビのニュースで聞いた気がする。

残っているのはあとひとつ——ビルの二十八階から最上階までを占めるホテル、アディントン・コート。

米国ホテル業界の雄、アディントン・ホテルグループのアジア初進出となる。現在までに北南米の他は、欧州、豪州を中心に進出しており、世界的に高い評価を得ていた。

その世界最高ランクのホテルが約一ヶ月後には東京に出店する。

東京都内は狭い範囲に世界トップクラスのホテルが数多く出店しており、もともとかなりの激戦区だ。そこにアディントンが加われば、さらに熾烈《しれつ》な争いとなるだろう。

しかも今回、アディントン・ホテルグループが責任者として送り込んできたのは、グループ総帥の孫であり、後継者と言われている弱冠二十六歳のレオニダス・クリストファー・フォルミオン——通称、プリンス・レオン。

他国ではアディントン・ホテルとする名称を、レオンが自身のコンセプトにより立ち上げたホテルということで、アディントン・コートと名づけられている。コートは英国で貴族の領地にある宮殿を意味していた。

今、優美の目の前には、その〝アディントン・コート〟と書かれた看板があった。

看板の横に貼ってあるのはレオンの等身大ポスター。ゴールデン・ブラウニッシュ・ブロンド――濃い茶色を帯びた金髪を靡《なび》かせ、エーゲ海を思わせる紺碧《こんぺき》の瞳がこちらをみつめている。

（カッコいいなぁ。最終選考が終わったらポスターはいらないよね？　もらえないかなぁ。部屋の壁……は、貼るところがないから、二階の廊下の壁なら貼れるよね）

実家住まいの優美は、二階の部屋を姉の香奈《かな》とふたりで使っている。

ただ、築三十年の狭い家なので、これだけ大きなポスターが貼れるのは二階の廊下か階段の壁しかない。だが、香奈は年下のアイドルが好みなので、さすがにこのサイズのレオンのポスターを貼ったら『うざい』と言われそうだ。

優美は洋画好きの母の影響で、中学生のころまでハリウッドスターが大好きだった。でも高校生になってすぐのころ、雑誌の特集でレオンの姿を見たときから、ずっと憧れ続けている。

今日、そのレオンに会える……いや、本物のレオンを見ることができる。それを思うだけで、たかが写真なのに胸の鼓動が鎮まらない。

ポスターに書かれているキャッチコピー〝あなたもプリンセス！〟。

それに続く〝最終選考会場〟という文字をみつめながら、優美はバッグから取り出した一通の白い封筒を握りしめた。

〝あなたもプリンセス！〟――プリンスにエスコートされて、あなたもプリンセスになってみませんか？

新しくできるホテル、アディントン・コートのオープニングイベントに、そんなキャンペーンが催されることを知ったのは昨年末のこと。

応募条件は日本国籍を持つ、二十歳から二十九歳までの独身女性。書類選考、第一次選考、最終選考を経て、たったひとりが選ばれる。

その選ばれたひとりは、正式オープン前の一週間をアディントン・コート、最上階のトップスイートでプリンセス同様に過ごせることが決まっていた。

しかもその一週間、エスコートしてくれるのはプリンス・レオン。

だがそれは、彼の容姿が魅力的で、グループのプリンス的存在という理由から、そう呼ばれているわけではない。

エーゲ海に浮かぶ諸島国家、旧フォルミナ王国のレオニダス王子――それが彼の正体だ。レオンは正真正銘のプリンスだった。

第二《だいに》次《じ》世界大戦《せかいたいせん》後、欧州諸国の干渉や軍部のクーデター、内乱を経て……今から二十六年前、国民選挙という平和的な方法でフォルミナは共和国へと変貌を遂げた。

その数年前から、リュサンドロス国王はフォルミナを追われ、アメリカのネブラスカ州に滞在していた。そこでアディントン家の令嬢ルシールと恋に落ち結婚。レオンはアメリカで生まれたため、アメリカ国籍も所有している。

そして、レオンの誕生から三ヶ月後、国民選挙が行われたのだった。

国王と王妃、レオンの三人は終生王族の身分が約束されたが、将来レオンの子供が誕生しても、王子や王女の称号は与えられないことが決定。そのため、彼は〝フォルミナ最後の王子〟と呼ばれている。

ハッと人目を惹く彫りの深い顔立ち、スポーツ万能というだけのことはあるアスリート並みのスタイル、そして自然光の下では琥珀色に輝く髪。見た目がパーフェクトな上に、ごく普通の王子様とは違うドラマティックな生い立ちにマスコミは飛びついた。

さらには、王妃の実家がアメリカ屈指の大富豪、アディントン家であること。レオン自身がオックスフォード大学とハーバード大学を飛び級で卒業していること。そして大学在学中の十代のころから、グループ経営陣に名を連ねていたこと。

どれを取っても、彼がハリウッドスターより魅力的なのは明らかだ。

優美の家族は、彼女がそんなプリンス・レオンのファンだということをよく知っている。二十四歳で独身の優美は応募条件からも外れていない。そのため、『せっかくだから応募してみなさいよ！』と何度も言われた。

だがそのたびに、

『身の程知らずもいいとこだって。メイドとかならなれそうだけど、プリンセスなんて絶対無理！』

優美はそう答えて応募すらしなかった。

三人姉妹の末っ子である優美は父の顔を知らない。父は彼女が生まれることすら知らずに亡くなったという。祖父はだいぶ前に亡くなっていたため、父が亡くなって以降は祖母と母、姉二人の女ばかりの生活環境だった。

そしてそれは、去年の春、上の姉、彩恵《さえ》が結婚して家を出るまで続いた。

中学、高校と地元の私立女子校に通い、大学も自宅から通える私立女子大に入学。現在も自転車で通える私立さくら幼稚園に教諭として勤めている。

優美は幼いころから物静かな……はっきり言えば影の薄い女の子だった。

クラスメイトの名前を挙げていくとき、最後まで名前が出てこなかったり、合コンで男女の人数が合わないとき、決まってあぶれたり……とにかくそういうタイプだ。

だからと言って、優美自身はとくに自分の性格で悩んだことはない。

誰でも大人になったら自分だけの王子様が現れて、恋愛に付随《ふずい》する様々な経験をするのだろう。なんて、つい最近まで考えていた気がする。

だが、女性の人生において、何もしなくても輝く時期は十代後半から二十代前半ではないだろうか？

その輝かしい時期を無為に過ごしてしまった優美としては、これから先に期待など持てそうにない。

（いいのよ……世界のロイヤルファミリーとか無駄に詳しくなったって。まあ、女性向けの週刊誌で特集したりしてるんだから、きっと世間の女性も好きなのよ……うん。芸能人より健全そうだから、いいとしよう）

たったひとりの王子様を見つけようと思わなかったわけではない。

とりあえず努力したこともあった。だが、同世代の王子様候補とデートするより、幼稚園にいる小さな王子様たちと遊ぶほうが、優美には十倍も、百倍も、楽しく思えてしまったのだ。

無垢《むく》で可愛い王子様、王女様に囲まれた定年まで続けられる仕事。末っ子として甘えさせてくれる家族。

地味な生活だが楽しみがないわけではない。

それに、イケメンは遠くで見るからカッコいいのだ。

本物のプリンスにしても同じこと。たしかに、一度くらいは間近で見てみたい気もする。

だがもし、幻滅しそうなくらい性格が悪かったら、と思うと……。

応募しなくて正解、なんて思っていたとき、『書類選考を通過しました』というハガキが届いた。家族が優美に内緒で応募していたのだった。

上品と言えば聞こえはよいが、いささか殺風景に思える。

レセプション階への直通エレベーターがあるフロアに立ち、優美はそんなことを考えていた。

エレベーター前には受付があり、髪を綺麗にアップにした女性がひとり、濃紺の制服に身を包んで静かに佇んでいる。

しかし、フロアは閑散としており、その女性以外に誰もいなかった。

女性も優美の存在には気づいているらしく、視線が合うなりにこやかに微笑んだ。

今日の優美は、いつもならシュシュでひと纏めにしている髪をほどいていた。緩くウェーブのかかった髪が肩を覆い、胸を隠すくらいの長さだ。

彼女の髪はもともと真っ黒とは言いがたい、焦げ茶に近い色をしている。しかも母親譲りの微妙な感じのクセ毛だ。常になんとなく波打っていて、肩より短くするとブワッと広がってしまう。長いとクセ毛も目立たないので、昔から額出しの今の髪型をしてきた。

二重瞼で瞳はそれなりに大きいほうだと思う。鼻は極端に低いわけではなく、唇の厚さも適当だろう。卵形の輪郭といい、パーツだけ見るとそんなに悪くはない……と思う。

だが纏めて見ると……。

（どう見ても……モブ顔？　受付のお姉さんのほうが美人だし、プリンセスって呼ばれるのにふさわしい気がする）

優美はため息をつきながら、自分よりよほど気品を漂わせている受付の女性に近づいた。

「おはようございます！」

待ってました、と言わんばかりの挨拶をされ、どうも気後れしてしまう。

「お……おはよう……ございます」

情けないことに、声すらきちんと出てくれない。

「最終選考会に参加される方でしょうか？」

「あ、はい。は……春名優美と言います。何かの間違いかもしれないんですが……これが届いたので……」

優美はおずおずと白い封筒を差し出した。

書類選考のときはハガキだった。

そのあと、動画を撮って送るという第一次選考があり……ほんの一週間前に白い封筒が送られてきたのだ。

厚手のしっかりした封筒には封蠟が施されており、押されていたのはフォルミナ王家の紋章である二頭の獅子。

『あなたはプリンセスの最終候補に選ばれました。下記日時に、アディントン・コートにて行われるプレオープンパーティにご招待いたします』

同じ紋章が透かしで入っているカードに、そう書かれてあった。

受付の女性はカードを確認すると、優美に向かって優雅に会釈する。

「春名優美様、ようこそアディントン・コートへ。担当の者が参りますまで、今しばらくお待ちくださいませ」

「は……は、い」

優美は名前を呼ばれて初めて、自分が最終選考に残ったことは本当なんだ、とようやく納得したのだった。

☆　☆　☆

「こちらが控室になっております」

一階フロアまでひとりの女性が迎えにきてくれた。

彼女は柊木響子《ひいらぎきょうこ》と名乗った。受付にいた女性と同じ濃紺の制服を着ており、優美たちプリンセス候補者の世話係だと言う。

優美より年齢は上のようだが、三十代ではないだろう。後《おく》れ毛《げ》の一本もないくらい、きっちり纏めてアップにしている。それでいて冷たい印象を受けないのは、終始穏やかな笑みを湛えているせいだろう。優美がエレベーターに乗るまで扉が閉まらないように手を添える所作も、とても美しく洗練されたものだ。

そんな彼女に案内されるまま、三十階まで上がったとき、そこはまるで別世界だった。家具や調度品はヴィクトリアン調に統一されており、内装はヴィクトリアンの時代に好まれたゴシック建築に思えた。東京のど真ん中、それも近代的な高層ビルの中の光景とはとても思えない。

優美は息を呑んで立ち止まったまま、一歩も動けずにいる。

レセプションフロアは三階分が吹き抜けになっていた。アカンサスのレリーフが施された大理石の柱が数本立ち並び、エーゲ海の島々にある宮殿の遺跡を思い出させる。

柱の中には鉄筋が入っているのだろうが、そんなことなどどうでもよくなるような、本物さながらの繊細な造りをしていた。

柱の近くに置かれたアポロンの像はとても勇ましく、容易にレオンの姿を想像させ……その裸身に頬を染める。

（ヴァチカン美術館に展示されてるアポロン像よりカッコいい……いや、本物は見たことないけど。でも、腰に布が巻いてあるのが残念……いやいや、違うって）

優美がひとりで赤くなったり青くなったりしていると、後ろから声をかけられた。

「申し訳ありません。エレベーターを乗り換えて、ひとつ上の階に参りますので……よろしいでしょうか？」

「あ、はい、すみません」

「いいえ、さぞ驚かれたことと思います。アディントン・コートという名称が、日本風に言えばアディントン宮殿になることはご存じでしょうか？」

優美が無言でうなずくと、響子は嬉しそうに続けた。

「グループの中でこのホテルは特別なのです。レオニダス殿下がオーナーとして所有しておられまして――」

本物の王子が経営するホテルというのが〝売り〟になるなら……レオンはそう言うと、客室数を限界まで減らした。その分、ほとんどの部屋をスイート仕様に変更したという。一室一室を豪華な造りにして、ホテル滞在中は宮殿に招かれた国賓のような気分をお客様に味わっていただく、というのがこのホテルのコンセプトだった。

「コンセプトを聞き、企画を提案されたのは殿下のご両親様なのです。でも、どうせやるなら徹底的に、とのことで……大使館まで巻き込んだ計画にされたのは殿下でございますね」

「大使館……あ、あの、こちらのスイートで過ごしながら、ライジング・タワー内のいろんな施設を回り、王族みたいなインタビューを受けてもらう、とか書かれてましたけど、他に何か特殊なことってありますか？」

自分が選ばれることなどありえない、と思う反面、もし選ばれたら、と思う気持ちも当然あった。宝くじも買わなきゃ当たらない。そして六桁のうち五桁まで当たっていたら、当たったあとのことを考えるなと言うほうが無理だ。

「特殊……そうでございますね、今日の予定としましては、候補者の皆様おひとりずつに、殿下とダンスを踊っていただくことになっております」

「ダ、ダン……ス」

「プリンセスのご衣装は、すべてこちらで用意しておりますのでご安心ください。今日の場合ですと、昼間に行われるのでマナーからは少々外れているのですが、夜会を想定したイブニングドレスになっております」

響子はキリッとした笑みを浮かべながら先にエレベーターに乗り込み、〝開〟ボタンを押して優美が乗るのを待っていてくれた。

優美は慌てて駆け込むように乗る。

「あ、あの、ダンスなんて……踊ったことないんですが……」

「殿下はボールルームダンスの名手でございますから、曲はワルツですし、お任せしておけば大丈夫ですよ」

全然大丈夫ではない。心臓がバクバクして、口から出てきそうだ。

直後、ポーンと軽快な音が鳴り、エレベーターの扉が左右に開いた。

「控室は他の七名様と合同で使っていただくことになります。ただ、お着替えはおひとりずつ、別室にご案内させていただきます。それまで控室でお寛ぎくださいませ」

「七……じゃあ、最終選考に残ったのは八人なんですね」

意外に多いと思うべきか、それともたった八人なのか……総数がわからないのでなんとも言い難い。

優美はよたよたしながらエレベーターから降りる。

三十一階のフロアは、レセプションフロアを見たあとだとずいぶん天井が低く思えた。

だが、ヨーロッパのお城にある回廊のような廊下が優美の目の前に広がり、感嘆の吐息が零《こぼ》れる。

そのとき、ひとつのことに思い当たり、慌てて尋ねてみた。

「あ、あのっ！　ひょっとして、皆さんもう到着されてる、とか？」

時計を確認すると、十時半にもなっていない。カードには『正午までにホテルの受付を済ませておいてください』と書いてあった。

決して遅刻はしていないはずだが、どことなく不安になってしまう。

「はい。お早い方は、九時前にはお越しになられていました」

「すみません……普通それくらい早く来るものなんですね」

優美がうなだれながら謝ると、響子は慌てた様子で、

「いいえ、どうやら、他の皆様には別の目的と言いますか、いろいろ期待されていたようで――」

苦笑しながら教えてくれたのは……。

優美以外の候補者たちは、少しでも早くホテルに入り、館内を見学して回っていた。目的はレオンだ。最終選考に立ち会うということは、彼もこのホテルの中にいるということ。偶然の出会いを期待して、意味もなくウロウロしていたらしい。

優美も一瞬笑いそうになるが、彼女たちの気持ちもわからないではない。

「決して、春名様が遅れたわけではございません。最終選考にも影響しないことなので、どうぞお気になさいませんよう」

「は、はあ、どうも。でも、わたしは……一階に貼ってあったポスターだけで充分です。本物のレオンに会っても……あ、すみません、レオニダス殿下でしたね」

思わず、いつもと同じ呼び捨てにしてしまい、慌てて訂正する。

「殿下はお優しい方ですので、とくにお叱《しか》りにはならないと思いますよ。ただ、本社の重

役やフォルミナ大使館からも大使がお見えですので、パーティ会場では気をつけていただいたほうがよろしいかもしれません」

響子の言葉に優美はドキドキする。

(重役？　大使？　そ、そんな人もいるの？　レオンだけでもプレッシャーなのに)

「それから、本日のパーティにはヒュランダル王国の第一王子、フレデリック殿下もお越しになられるご予定です」

「え？　北欧の？　たしか、レオニダス殿下の従弟にあたられる方ですよね？」

「まあ、よくご存じですね」

感心したように言われ、優美はちょっと恥ずかしくなる。

きっと、今日の日に備えて勉強してきた、と思われたことだろう。

(だからって、普段から女性誌の特集や専門誌を読み漁《あさ》ってますから、なんて絶対に言えない！)

今日のスケジュールをいろいろ聞きながら、書棚やサロンセットの置かれた回廊を進み……両開きの扉の前に立つ。

響子はノックしたあと、扉を外側に向かってゆっくりと開いた。

中は思ったより広い。優美の勤める幼稚園で言うなら、お遊戯室くらいの広さはあった。

中央のドリンクやスイーツの置かれたテーブルを除くと、部屋全体が衝立《ついたて》で八つのブースに分けられている。

それぞれのブースにプリンセスの候補者がいて、八人目の候補である優美を凝視した。

「お、おはよう、ございます……よろしくお願いします」

思わず挨拶してしまったが、ふたりほどがその場で軽く会釈して、他の人たちはすぐに優美から視線を逸らした。

その瞬間、彼女たちの気持ちが手に取るようにわかった。

(なんでこんな普通の子が？　とか思ってるんだろうなぁ……わたしも思うし)

日常的にスーツやおしゃれな服装とは縁のない仕事だ。化粧も日焼けを気にする程度で最小限。年配の先生が多い幼稚園のせいか、ノーメイクの先生も半数いる。服装も、ジャージの上下かTシャツにパンツスタイルばかり。通勤に公共の乗り物を使わないこともあり、そのままの格好で家と幼稚園を往復する毎日である。

今日は精いっぱいのおしゃれをしてきたが、それでも場違い感は否めない。

優美とは桁違いのブランド品の服やバッグに、『選考基準って実家の資産も入ってるんじゃないの？』と聞きたいくらいだ。

(やっぱり、何かの間違いって気がしてきた……か、帰ってもいいかな？)

「各ブースは受付順に入っていただいてまして、春名様は一番入り口の近くになります。人の出入りが気になるかもしれませんが、何卒お許しくださいませ」

「いえ、とんでもない。別に場所なんて、どこでも……」

丁寧に頭を下げられたら、やっぱり帰ります、とは言えなくなる。

だが、どうにも気後れしてしまって優美が割り当てられたブースに入れずにいたとき、背後から大きな声が上がった。

「ねえ、ちょっと！　あたしのドレスだけ、なんであんな安物なわけ!?　説明してちょうだいよ、柊木さん」

一瞬、自分が呼び止められたのかと思ったが、その女性が声をかけたのは響子だった。女性は衝立の横に置かれたマネキンを指差し、激昂している。

そのマネキンは、実にシンプルな白いドレスを着せられていた。

「みんな豪華なシルクのドレスなのに、あたしのだけポリエステルってどういうこと？　衣装でこんな差つけられたんじゃ、勝負にならないじゃない！」

言われてみれば、洋服に無頓着な優美にもわかるくらいの差がある。

それぞれ舞踏会の盛装に匹敵するドレスが用意されているのに、彼女のドレスは……はっきり言えばキャバ嬢が着るような、セクシーと下品が紙一重といったデザインだ。

「申し訳ございません。企画担当の者が用意したドレスを、わたくしどもは配らせていただいただけでして……」

「じゃあ、他のドレスと交換してちょうだい！」

「交換させていただきたいのですが、予備のドレスは預かっていないのです。ドレスは、候補者様それぞれの体形やイメージに合わせて用意させていただいた、と聞いております」

響子の返答にその女性はさらに怒り始める。

「じゃあ、何？　あたしのイメージってこれってこと？　馬鹿にするんじゃないわよ！　これでも事務所に所属してるプロのモデルなのよ。特別に参加してみないかって言われたからエントリーしたんじゃない」

彼女は一歩も引く気はないようだ。

そのとき、ふいに彼女の視線が優美のほうに向けられた。同時に、優美に用意されたペパーミントグリーンの上品なドレスにも向けられている。

「あたし、これがいいわ。ねえ、そこのあなた、Dカップよね？　身長は一六〇くらいだし、ウエストもヒップもそんなに差はなさそう」

いきなり指名され、優美はとっさに言葉が出ない。

「塚田《つかだ》様、そんな無理を言われましても」

「嫌だって言うなら、あたしにもすぐ同じドレスを用意してよ。じゃなきゃ、全員のドレスをあたしのと同じレベルに落としなさい!!」

さすがに他人事《ひとごと》でなくなってきたせいか、他の候補者の女性たちが衝立から顔を出し始めた。迷惑そうな顔で、こちらの気配を窺っている。

優美なら、上の者に聞いてきますと言ってこの場を逃れるが……。どうやら、響子は候補者の世話係として、彼女自身の判断でこの場を収めなくてはならないようだ。

涼やかな顔をしているが、響子の指先は小刻みに震えていた。責任ある立場は初めてのようで、気持ちばかり焦って頭は回転していない、という心の内が顔に出てしまっている。

そんな響子の困った様子に思わず――。

「あの……いいですよ、交換しても。ドレスなんて着たことないですし、だから、わたしはなんでもかまいません」

優美はそんな言葉を口にしていた。

☆　☆　☆

レセプションフロアのある三十階の二階下、二十八階に最終選考会の行われるパーティフロア〝ロイヤル・ボールルーム〟があった。

このアディントン・コートの中で一番広く、立食形式なら四百人は招待可能だ。

『とくに何かをしていただく必要はありません。用意されたドレスを着て、プレオープンパーティに出席していただくことが最終選考会となります。八名のプリンセス候補者の皆様には、レオニダス殿下がダンスを申し込まれる予定です。順番は決まっておりませんので、パーティを楽しみながらお待ちください』

ドレスアップした全員を前に、響子が最終選考会について話したことはそれだけだった。その説明だけで、優美以外の七人は嬉々としてパーティフロアに向かう。優美はこれまで履いたこともないほどヒールの高いパーティーシューズを履き、転ばないように、とそれだけを考えながら、みんなのあとをついて行くのが精いっぱいだ。

そして十三時ちょうど、支配人と呼ばれる男性の司会でパーティは始まる。そのすぐあとにレオンの挨拶があったが……優美は最後方の壁際に隠れるように立っていたため、遠過ぎて顔の輪郭すらわからなかった。

（テレビで見てるほうがマシ、なんて気がしてきたんだけど……。それに、こんな格好でダンスなんて無理。あ……ひょっとして、それがテストなの？）

ドレスアップしてホテルに用があると言えば、すぐに想像できるのは結婚式だ。だが、優美は結婚式のようなあらたまった席には一度も出席したことがなかった。

去年の春に上の姉、彩恵が結婚した。だが、いわゆる地味婚で結婚式すら挙げなかった。大学時代の親しい友人の中には、いまだ結婚した人はひとりもおらず、就職先の幼稚園の同僚にもいない。

プレオープンパーティと言うからには、オープンパーティと比べたら控えめにしてあるのではないだろうか？

それでも充分に華やかで、優美は気後れどころか完全に気持ちが萎縮《いしゅく》してしまっている。

こんな自分が万にひとつでもプリンセスに選ばれてしまったら、レオンにとんでもない恥を掻かせてしまう気がする。

（お母さんやお姉ちゃんたちに乗せられて、馬鹿なことしちゃったなぁ。でも、園児たちや保護者の人も知ってるのよねぇ……ああ、どうしよう）

それに……今さらだが、このドレスもやはり問題だ。

胸元が大きく開き、谷間がしっかりと見えてしまっている。そして何より恥ずかしいのは、生地が身体にフィットしていることだろう。『夜会を想定したイブニングドレス』もそれなりに露出はあるが、このドレスには艶めかしさのほうが大きい。

最終選考会だと言うのに、優美が身を隠すように立っているのは、すれ違う男性の何か言いたげな視線から逃げるためだった。

なるべく壁のほうを向き、物陰に隠れるようにしていた。何度めかのため息をついたとき、背中をトンと叩かれ、優美はビクッとする。

「――柊木です。申し訳ございません。お声をかけさせていただいたのですが……」

響子だった。

彼女はペコペコと頭を下げながら、すぐ後ろに立っている。

「いえ、す……すみません、ボーッとしてました。〝プレス向け〟と言うのは聞いていたんですが、こんなに大勢のお客様が来られるなんて……みんな、マスコミの方なんですか？」

「マスコミ関係者は半数くらいでしょうか。それより……やはり、お詫びとお礼をしなくては、と思いまして」

響子は言いづらそうに優美のことをジッとみつめている。

「えっと……お詫び、ですか？」

「ドレスの件でございます。春名様のご配慮で助かりました、ありがとうございました。でも、そのせいでご迷惑をおかけしてしまって――」

自らプロのモデルと言っていた女性の名前は塚田エリナ。

特別に参加、ということは優美が知らないだけでそれなりの有名人だと思っていた。だが名前を聞いても、全く浮かんでこない。自分がモデルの名前に疎《うと》いだけだろう、と思っていたが、響子も聞いたことのない名前らしく……ちょっとホッとする。

世話係として責任者を務める響子は、候補者は七人と聞いていた。

ところが昨晩、急に八人にしたいと企画担当から連絡があり、不思議に思いながらも承諾する以外になかったと言う。

そして問題のドレスだが……。

追加となったエリナのためのドレスが届いたのは今朝だった。素材もデザインも前の七着とはあまりにも違う。

響子は慌てて問い合わせたが、急ぎであるにもかかわらず返答がない。無断で代わりのドレスを調達することもできず……。

「本日は単なるパーティではなく、最終選考会です。わたくしの一存で決めることはできませんでした。とはいえ、すべてこちらの都合です。春名様にはご迷惑をおかけしてしまい、お詫びの言葉もございません」

そう言うと、響子は深々と頭を下げた。

壁際の目立たない場所とはいえ、こんなふうに謝ってもらうのは気が引ける。周囲の視線も少しは気になった。

それに、響子の事情もよくわかり、彼女のせいとは言い難いものがある。

元はと言えば、優美がしゃしゃり出て決断したことだ。響子に頼まれたわけでも、ましてや強要されたわけでもない。怒る理由など何もない。

「ホントに気にしないでください。わたしはプリンセスに選ばれようなんて、そんな大それたことは考えてませんから。イケメンプリンスの顔がチラッとでも見られたらいいなぁ、なんて思ってきただけです」

場をなごませようと、わざと軽い口調で話す。

「でも、せっかくのティアラも……取ってしまわれて」

そう言われると、優美も自分の頭上がちょっと気になってしまう。

それは〝ロイヤル・ボールルーム〟に入る直前のこと——。

優美がみんなからかなり遅れてパーティフロアに到着したとき、大人ばかりのフロアに佇むひとりの少女を見つけた。

少女は子供たちの間で大人気のお姫様ドレスを着ており、ちょうど優美が仕事で接している年頃の少女だ。

響子から、少女の父親は大使館関係者だと教えてもらったが、それでもひとりでいるのは尋常ではない。

スタッフが少女に話しかけ、詳しい事情を尋ねると……母親の支度を待つ退屈さから、黙って部屋を抜け出して来てしまったと答えた。

その話を聞いたとき、優美は少女にではなく、親に対して憤りを感じた。

大使館関係者ということは、きっと立派な立場の人間なのだろう。だが、こういった場所に小さな子供を連れてくるのはどうかと思う。しかも、ひとりきりにしてしまうなど、考えられないことだ。

母親の傍から離れたのは少女のほうだが、好き勝手に動くのが子供というもの。それで思わぬ危険に遭遇することもあるし、後々大きなストレスにもなる。そんな子供たちを守り、導いてやる筆頭が親であり、大人の役割ではないか。

優美は少女のことを思ってため息をつくが……。

響子のほうは優美のため息を誤解したらしい。申し訳なさそうにうつむき、子供の入場が許可されたことも、スタッフにとっては寝耳に水の話だった、と教えてくれた。

一方、少女は困惑顔のスタッフに囲まれたことで怖くなったのか、大きな声を上げて泣き出してしまった。

そのとき、優美がプリンセス候補者用に、と付けてもらったティアラを外して、少女の髪に飾ってあげた。

『さあ、これで――あなたがプリンセスです。ではプリンセス、わたしどもにご命令ください。お父様とお母様のもとに連れて行くように、と。ああ、にっこり笑って命令しなくてはいけませんよ。プリンセスは笑顔を忘れてはダメなんです』

優美はその場にひざまずき、少女に向かって微笑んだ。

すると、少女の顔からあっという間に涙が消え去り、満面の笑みを返してくれたのだ。裏も表もない、邪心のない笑顔は何より尊く、胸を温かくしてくれる。

そんな少女の笑顔とともに、優美はティアラのことを思い出した。

「ちょっと、聞いていいですか？　あのティアラって……本物でした？」

だとしたら、気軽に渡してしまったのは失敗だったのではないか。もの凄く高価なものだとしたら、簡単に弁償できる金額ではないだろう。

（そのときは……ローンとか、してくれるかな？）

青くなる優美の顔を見て、響子もその辺りを察してくれたようだ。

「その点はお任せください。小さなプリンセスを泣かせるようなことはいたしません。もちろん、大きなプリンセスにご迷惑をかけるようなこともございませんので」

「プリンセスもどき、ですけどね」

ふたりが顔を見合わせて笑ったとき、優美は背後に人の気配を感じた。

「とんでもない、魅力的なプリンセスだよ。ちなみに、君の言うイケメンプリンスとは私のことかな？」

甘く蕩《とろ》けそうな声に、優美はハッとして振り返る。

目の前にあるのはブルーブラックのタキシード。そのまま上を向けば声の主の正体がわかるはず……。

そう思った直後、男性のほうが優美の顔を覗き込んできた。

紺碧に輝く瞳が優美の心を一瞬で釘づけにする。

「チラッとなんて言わず、私の顔でよければいくらでも見てくれ。ただ、ティアラが目印と聞いていたんでね。もう少しで五歳の少女にダンスを申し込むところだった」

フッと片頬に笑みを浮かべ、形の良い唇から流暢《りゅうちょう》な日本語が零れてきて……優美は驚きのあまり呼吸することすら忘れそうになる。

「申し訳ございません、レオニダス殿下。そのことをお伝えするべく、春名様を探しておりました。事情を話して、殿下のお傍にご案内するつもりだったのですが……」

そう答えたのは響子だった。

レオンがティアラで候補者を見分けてダンスを申し込む、ということは、優美たちには聞かされていなかったこと。

候補者が途中で自らティアラを外すなど、想定外だったせいだろう。

「すっ、すみません、柊木さんのせいじゃないんです。わたしが、あの女の子に渡してしまったから……あの、レオン……さん、いや、様……あ、いや、殿下？」

きちんと挨拶しようと思っていたのに、もういっぱいいっぱいで優美の頭の中は真っ白になる。

だが、そんな彼女をみつめたまま、レオンは可笑《おか》しそうに笑い始めた。

「落ちつきなさい、特別にレオンと呼ぶことを許そう。その代わり、私も君のことをユミと呼ぶ。それから、君が少女にティアラを渡すところは見ていた。キョウコを責めているわけではないよ」

「……は、はい……」

イケメンは遠くで見るからカッコいい――という意見は、本物のレオンに会って即時撤回する。

（遠くで見るより、近くのほうが断然カッコいい。それに日本語、上手過ぎると思う）

十ヶ国以上の言葉を自在に操ると聞いたことはあったが、まさか本当にここまで話せるとは思わなかった。『コンニチハ、ワタシ、ニホンゴ、ワカリマース』という程度しか想像していなかった優美からすれば、衝撃の事実である。

「では、あらためて……プリンセス・ユミ、私と踊ってください」

「あ……は……」

うっかり、うなずきそうになったが、慌てて我に返る。

「む、無理だと、思います。これまで、男の人と……いえ、男の子とダンスしたのはフォークダンスくらいですし」

「私は女の子とフォークダンスを踊ったことはないが、君に恥を掻かせない程度にリードすることはできる」

そのとき、響子に言われたことがフッと頭に浮かんだ。

「そうですね。柊木さんから聞きました。レオンは、えっと……ボ、ポ、ポール……そう、ポールダンスの名手なんですよね！」

優美は少し大きめの声でキッパリと言う。

次の瞬間、こちらの会話をそれとなく聞いていた周囲の人々のざわめきが、ピタッと止まった。

凍りついたような静寂が辺りに広がり、優美は驚いて人々の顔を見回す。ところが、目が合ったとたんに逸らされ、優美はわけがわからない。

するとつんつんとドレスの生地を引っ張られた。びっくりして引っ張った人間の顔を見ると、響子だった。

響子の顔はなんとも言えない表情で、頬が少しだけ引き攣って見えた。

「は、春名、様……それは違います。ポールではなく、ボールです。日本国内で社交ダンスと呼ばれるものは、欧米ではボールルームダンスと言いまして……それが、ポールだと……」

少しずつ響子の声は小さくなっていく。

「ポ、ポールだと？」

恐る恐る復唱してみる。

「……ストリップを意味してしまいます」

響子の返事を聞いた瞬間、優美の脳裏には、裸同然の格好でポールに脚を絡めて踊る女性の姿が思い浮かんだ。

レオンは口元を押さえてうつむいたままだった。

怒りのせいか、肩が小刻みに震えている。

(ど、どうしよう……とんでもないこと言っちゃった)

優美の顔が真っ青になったとき、人々の沈黙を打ち破るように、辺りには爆笑が広がった。

「ユミ……君ほど愉快な女性は初めてだ」

まさに、〝腹を抱えて〟という格好でレオンは笑っている。

「す、すみ、すみま……すみ、すみ」

舌がもつれて謝ることすらできない。

そんな彼女の手を強引に取ると、レオンは〝ロイヤル・ボールルーム〟の中央に引っ張って行った。

それまで当たり障りのないBGMを演奏していた楽団はピタッと演奏をやめる。直後、フロアにワルツが響き渡った。

「ボールダンスはいずれ披露することにして、まずはワルツを踊るとしようか」

言いながら、彼は右手を優美の背中に回した。

ツーッと指先で軽く撫でられ、優美はビクッとして身体を反らせる。そのまま、全身に力を入れた。

「ああ、それでいい。背中の……ちょうどブラジャーのホックの辺りに力を入れて、背筋をピンと伸ばしなさい」

ブラジャーの——と口にすると同時にレオンの声が小さくなった。

そのまま彼女の耳元に唇を近づけ、ささやくように続ける。

「顎を引いて……だが、うつむいてはダメだ。頭のてっぺんに糸をつけられて、上から引っ張られるところを想像してごらん」

優美の右手をギュッと握り、三拍子のリズムに合わせて、彼女を動かし始めた。

それはまるでマリオネットを操るような、滑らかな動きだ。ステップのひとつも知らない優美を、押したり引いたり、それはもう器用に振り回してくれる。

（なんだか、わたしって……踊ってる？）

「ああ、それでいい。上手いよ、ユミ。——そうだ、ティアラのことを気にしていたね。あれはレプリカだから、心配しなくていい」

「レ、レプリカ、ですか？」

レオンは平然と話しかけてくるが、優美のほうはそう簡単にはいかない。

ワルツのダンスは優美が想像していたよりハードで、日常的に子供と走り回っている彼女でも息が切れる。

一拍でも彼の動きから遅れたら、次にどうすればいいのか自分ではわからない。その上、履き慣れないハイヒール。一度足をもつれさせたら、彼を巻き込んで転んでしまうことは確実だ。

（わたしはともかく、プリンス・レオンに恥を掻かせることだけはできない！）

その一念で優美は必死だった。

だが、そんな彼女とは対照的に、レオンは実に優雅なステップを踏んでいる。

「フォルミナの王室には、代々王太子妃が受け継ぐプリンセスのティアラがある。私の場合、王太子に就く間もなく王制はなくなったが、ティアラは私の結婚相手に受け継がれるものだ。今回用意したのは、そのティアラのレプリカなんだよ。今日の記念に、最終候補者全員にプレゼントする予定だった」

「それは……よかった、です。あの子から、取り上げずに、済みそうですね」

優美はホッとして答える。

大人の都合で与えたものを、また大人の都合で取り上げるのは可哀想《かわいそう》だ。響子にも余計な迷惑をかけずに済む。優美が気にしたのはその二点だけだった。

するとレオンは、感情を抑えたような声で優美に尋ねる。

「レプリカとはいえ、日本円で十数万はするはずだが……その点はどう思う？」

その金額に一瞬びっくりした。十数万円など、優美も身につけたことのないアクセサリーの額だ。

「それは……五歳児に持たせるアクセサリーとしては、高額かも。遊び道具には使うべきじゃないって言うか。でも、親御さんが大使館にお勤めなら、通ってる幼稚園ではそんなに高額じゃないのかしら？　住む世界が違えば、常識も変わるものですし」

優美の言葉と同時に曲が終わり、レオンの足もピタッと止まる。

「……君は、不思議な女性だ」

それは、心の底から不思議そうに思う声だった。

彼はまるで観念したような顔をして、ポツリポツリと口にし始めた。

「最終候補者のひとりにだけ、価値の違うドレスを用意すること。それから、プレオープンパーティに少数の子供を参加させること。他にも、あちこちでトラブルが起こっているはずだ」

「え？　それって」

「完璧なトレーニングをしていても、実際にお客様の前に立つと何もできなくなることが多い。そういった事態に備えてスタッフには内緒のトレーニングだった。でも、君という救世主の登場で、キョウコたちは簡単にクリアしてしまったらしい」

レオンの言葉に優美は呆然とした。

よかれと思ってしたことだったが、ひょっとしたら余計なことをしてしまったのかもしれない。

「ああ、誤解しないでほしい。私は君に、不満を言っているわけじゃない。むしろ、君をこのホテルで雇いたいくらいだ」

「い、いいえ、わたしは英語もほとんど話せませんし……。社交的じゃないから、人と話をするのは苦手なんです。とくに男の人とは、ちゃんと話せないって言うか……」

「私とはこんなに話しているのに？　君にとって特別な男だと、自惚《うぬぼ》れてしまいそうだ」

ネイビーブルーの瞳が食い入るように優美を見下ろしている。

彼女は手を握られたまま、身動きもできない。男性に耳のすぐ傍でささやかれるなんて、これまでの優美からは考えられないことだ。

（誘惑されてるみたいに感じるのは、王子様だから？　世間一般の王子様ってこんなにスゴイの？　いや、ちょっと待って、世の中に王子様ってそんなにいないから）

頭の中がグチャグチャになっている。

しかもトランポリンの上に立っているみたいで、足下がフワフワして、今にも飛んでしまいそうだった。

「だが、ドレスのお詫びはしないといけないな。今夜のディナーに招待しても、君は応じてくれるだろうか？」

言われた瞬間――。

（これって、デートのお誘いっ!?）

信じられない展開だ。

脳内がショートしそうなほど熱くなる。

だがそのとき、正面の垂れ幕に書かれた〝あなたもプリンセス！　最終選考会〟の文字が目に飛び込んできた。

（ああ、違った……これって選考会だったんだ。ということは、これがテストになるのかな？）

プリンセスに選ばれるためにはなんと答えれば正解なのだろう？

浮ついた頭で考えても、まともな答えなど出てこない。

それにレオンは『最終候補者のひとりにだけ、価値の違うドレスを用意すること』と、言った。彼は用意されたのが優美だと思っているのだ。文句も言わずにそのドレスを着ているから、響子たちは〝簡単にクリア〟した、と。

まず、それは違うと説明しなくては始まらない。

ドレスの件も、ティアラの件も、優美から言い出したのだということを。

「あの……レオン、このドレスのことですが……」

優美が勇気を振り絞って彼の顔を見上げ、口を開いたとき――。

「ご歓談中、失礼いたします」

彼女の言葉を遮ったのは、先ほど挨拶に立った支配人の男性。

名札には〝安斎《あんざい》〟と書かれてある。三十代前半くらいで優しい雰囲気を醸し出す男性だ。

優美には好印象を与えたが、こういったホテルの支配人としては若いほうなのではないだろうか。

「レオニダス殿下、候補者の方と踊るのはひとり一曲と伺っております。このあと七名の方が控えておられますので、時間の配分を考慮していただけますでしょうか?」

安斎の言葉を聞き、優美は驚きのまなざしをレオンに向ける。

てっきり、最後の優美が見つからなくて彼自身が探しにきてくれたのだ、と思い込んでいた。

「最初から、わたしのことを探してくださったんですか? でも、どうして……?」

「少女にティアラを渡す君の姿を見た、と言っただろう? 与えられたティアラを、なんの躊躇《ためら》いもなく手放してしまう君が不思議に見えて、どうしても話をしてみたかった」

「……レオン」

少し潤んだまなざしにみつめられ、優美の鼓動は壊れそうなほど速くなる。

「君とはまだ話し足りない。パーティが終わっても帰らずに待っていてほしい。あとで人をやるから……いいね?」

掴んだままの優美の右手を、レオンはごく自然な動作で口元まで持っていく。

手の甲に、彼の唇が押し当てられ……優美はそれこそマリオネットのように、うなずくだけだった。

第二章　始まりは誤解と誘惑

「プリンスも意外と趣味が悪いって感じ。だいたいさ、あのドレスって自前なんじゃないの？」

二十八階のパウダールームを利用しようとしたとき、中からそんな声が聞こえてきた。

「ああ、あの白いドレス？　まあ、ホテル側が用意したなら、あんなに差はつけないか。プリンスも、候補者だから仕方なくってとこじゃない？　でも、まあ、身の程知らずには違いないわよね」

別の女性の声が聞こえ、それは間違いなく優美の話題だった。

トイレと呼ぶにはもったいないような、アンティークの調度品で揃えられたパウダールーム。青銅色の枠に収まった鏡には、ふたりの女性が映っていた。

招待客の半分はマスコミ関係者だと言う。だが、残りの半分はマスコミとは無関係の客。

スーツ姿のふたりは残りの半分に属するように思える。

「まさか、あんな女がプリンセスに選ばれたりしないわよね？　館内を我が物顔で闊歩されたんじゃ堪らないわよ」

「一週間、顔を合わせるたびに〝殿下〟って呼ぶんでしょう？　とんだ茶番よねぇ。でも、あーいう、パッとしない女がプリンセスに、みたいな趣旨じゃないの？」

ふたりの会話から、彼女たちがこのライジング・タワーで働いていることを知る。

ホテルの従業員ではなさそうだから、他の階に勤めているのだろう。

「そもそも、なんであの程度で最終に残ってるわけ？」

「応募者が少なかったんじゃない？　アスリートや芸能人のニックネームであるじゃない〝なんとか王子〟ってヤツ。あれぐらいなら夢も見られるけど……本物の王子様って言うのは雲の上過ぎるわよ」

「あーそれもそうね」

ふたりは声を合わせて笑った。

とてもではないが、この中に突入することなどできそうにない。

優美にできることは、気づかれないようにソーッと後退し、ダッシュでその場から離れることだけだった。

最終選考会を兼ねたプレオープンパーティが終了したのは十六時ちょうど、今から二十分ほど前になる。

だが終了したとはいえ、その場ですぐに『さようなら』と言いながら全員が引き揚げるはずもない。話が盛り上がれば、いつまでも会場に残っている人たちもいた。

とくにマスコミ関係者は、パーティが終わるなり候補者たちの写真を撮り始めた。中にはインタビューを受けながら撮影に応じる候補者たちもいて、響子たち関係者は大わらわだ。

当然だが、優美にもマスコミの取材はあった。

しかも彼らの本命は優美らしく、かなりの人数が殺到してきた。

レオンはあのときやけに優美のことを気に留めた様子で、執拗に探していたようだ。見つけるなり声をかけ、最初のダンスを彼女と踊ったことは明らかなので、マスコミ関係者は余計に気になるのだろう。

ふたりの周囲にいた客の情報で、レオンは優美をディナーに誘った、という噂も広がっている。

プリンセスは優美に決定かも、という無責任な噂も一緒に流れていた。

『ちょっとお話を聞かせてください』

大勢が一度にそんなことを口にしながら近づいてくる。その剣幕は尋常ではなく、優美はとっさに逃げることしか思い浮かばなかった。

（トイレに閉じ籠もってやり過ごそうと思ったのに……三十一階の控室に戻ればいいのか

な？　でも、この目立つドレスでエレベーターホールを突っ切るのは無理そう）

パウダールームを離れ、人の気配がないほうへ、ないほうへ……と進んできた結果、灯りのない薄暗い場所にたどり着いた。

瀟洒な扉を押し開けると、そこはバンケットルームのようだ。〝ロイヤル・ボールルーム〟に比べたら大きさは四分の一くらいしかなく、天井も低く感じる。そして壁際には、ビニールで覆われた新品のテーブルや椅子が置かれていた。ぶつけそうな場所には緩衝材《かんしょうざい》が巻かれたままだ。

この部屋はまだあちこちが準備段階だった。

（ここまでは追いかけてきそうにないけど……。あんまり長くいたらダメよね？　適当な時間で戻らないと、柊木さんが心配しそうだし）

三十分も時間を潰せばいいだろう、と思ったが、この部屋には時計がない。ドレス姿の優美も当然、時間を確認できるものは持っていなかった。

部屋に籠もっていることは諦め、そうっと廊下に顔を出す。

辺りはシーンとしていて、自分がどちらから来たのか全くわからなくなる。

（どうしよう……でも、この部屋に隠れてるより、廊下をウロウロしてたほうがマシのような気もする）

そのほうが響子をはじめスタッフに見つけてもらいやすそうだ。

だが、マスコミに見つかって質問攻めに遭う可能性も捨てきれない。

優美が扉に縋《すが》るようにして廊下の様子を窺っていた、そのとき――ふいに肩を摑まれた。

「プリンセスがお忍びでナニしてんの？」

振り返る間もなく、部屋の中に引っ張り込まれる。背後から伸びてきた手がパタンと扉を閉じ、その扉に身体を押しつけられていた。

耳から滑り込んでくる言葉には何か違和感を覚える。日本語なのに日本語でないような……ほんの少しイントネーションが違った。

「諸事情でパーティはパスさせてもらったけど、こんなことなら出ればよかったかな。まさか、レオンが君の相手をするとはねぇ」

「あ、相手って……あの」

なんとか身体を捻《ね》じって、背後から彼女を押さえ込んでいる男性の顔を見ようとした。

目の端に白銀《プラチナ》の長髪が映る。薄闇にすらはっきり見える、まるで蛍光塗料を塗っているかのような煌めき――優美は信じられない思いで口を開いた。

「フ……フレデリック……王子⁉」

「へぇ。よくわかったな。日本ではわりとマイナーな国の王子だから、名前を覚えてくれてる人は少ないと思ってた」

北欧の国、ヒュランダル王国の第一王子、フレデリック・ベネティクト・サンドストレーム。第一と言っても王太子ではない。サンドストレーム王家は長子優先で後継者が決まるため、姉のマルガレータが次期女王で王太女と呼ばれている。

フレデリックの母、ヒュランダル王国の王妃オリンピアはレオンの叔母にあたる女性だ。同じ歳の従兄弟《いとこ》という関係から、レオンの記事を追いかけていたら、必ずフレデリックの情報もキャッチしてしまう。

レオンは十代のころから勉強やスポーツに熱心で、二十代になってからは仕事優先。特定の恋人は作らず、独身主義を公言していた。

そんなレオンに比べて、フレデリックは世界各国に恋人がいるという。留学の名目で世界中を遊び歩き、公務とは名ばかりの仕事量しかこなしていない。

潔癖というわけではない優美だが、こういったタイプの男性はどうも好きになれない。整い過ぎて堅苦しさすら感じるレオンの容姿より、長髪が柔和《にゅうわ》なイメージを醸し出しているフレデリックのほうが親しみやすいという声はあるが、優美は逆だった。

（フレデリック王子ってだらしない感じがして好きじゃない。っていうか、なんでこんなに接近してくるの⁉）

入ってはいけない場所に、優美のほうが入り込んでいたのかもしれない。だが、いきなり抱きつかれる覚えはない。これでは痴漢と同じだ。

優美はキッパリ怒鳴りつけてやろうと思ったが……。

「あっ、あのっ！　は、放して……ください、ません？　こんなふうに、扉に、押しつけられても……困ります」

なんとなく尻すぼみになってしまう。

公式訪問ではないと思うが、それでも相手は王族だ。無茶をして、国際問題になっても困る。

ちょっと悔しいが、庶民の身では〝怒っています〟という顔で、控えめにお願いするのが精いっぱいだ。

「困る？　俺は、君が間違った場所に行きそうになるのを止めてやったんだ」

「間違った……場所？」

「レオンのトコに行くなら、あっちの扉を出た正面にある直通エレベーターに乗らなきゃ」

そう言われた瞬間、優美の胸はときめいた。

『パーティが終わっても帰らずに待っていてほしい』

レオンの言葉が耳の奥に響いて離れない。

手の甲にキスされ、反射的にうなずいてしまった。しかし、レオンにすれば候補者向けのリップサービスのようなものに違いない。何人も女性と踊るうちに、きっと忘れてしまっている。

そう思っていたのに……。

（『あとで人をやる』って言ったけど、まさかフレデリック王子のことだったの？）

フレデリックの力が弱くなり、優美は彼の手を振りほどくようにして距離を取った。

「レオ……レオニダス殿下は、本当にわたしのことを待っていてくださるんですか？」

「まさか、こんな展開になるとはなぁ、ビックリだ。でも、ヤツがこういう形で女の子を誘うのは、十年に一回くらいか。君はラッキーだと思うよ。たっぷり楽しんで、あー違うか、楽しませてやってくれ」

彼の言葉には意味不明なところが多々あった。レオンは何に驚いたのか、優美の何がラッキーなのか、最後の言葉はとくにわからない。

だが、『ヤツがこういう形で女の子を誘うのは、十年に一回くらい』という言葉だけが、優美の心をいっぱいにした。

三十七階——最上階のエレベーターホールは眩しい光に満たされていた。
最上階の七割がレストランフロアとして利用され、残りはトップスイートだった。どちらも専用のエレベーターがある。

レストランフロアへはレセプションフロアのある三十階からのみ上がることができ、カードキーは必要なく、誰でも利用可能だ。

一方、トップスイートへ上がるエレベーターは少し離れた場所に位置していた。乗り降りは各階でできるが、カードキーがないと動かない仕様だった。

(フレデリック王子に言われるまま、ここまで来ちゃったけど……この先はどうしたらいいの？)

優美は迷いながらも、天窓から射し込む光に誘われるように廊下を進んでいく。

廊下の突き当たりに両開きの白い扉が見える。廊下の窓際にはヴィクトリアンのサロンセットが置かれ、上品なグリーンのベルベットが張られたソファが並んでいた。

優美が白い扉の前に立ったとき、それを見ていたように、ゆっくりと扉が内側に開く。

「やあ……トップスイートにようこそ、ユミ」

迎えてくれたのはレオンだった。

「下の階で、フレデリック殿下にお話を聞いて……あ、エレベーターのカードキーもお借りしました。えっと……本当に、わたしなんかがここに来てもよかったんでしょうか？」

心配になって尋ねるが、なかなか返事が返ってこない。

「あの、レオン？」

「今さら、そんなことを聞いてどうするんだ？」

それはまるで、彼女を突き放すような冷ややかな声だった。予想もしていなかった返答に、息を詰めるようにして彼の顔を恐る恐る見上げる。

レオンの顔を見た瞬間、優美はドキンとした。

パーティのときと、どこか顔つきが違う。まるで優美に対して怒っているように見えて、後ずさりしそうになる。

(やっぱり、来たらダメだった？　真に受けて、こんなところまで来て、迷惑とか思われてる?)

「す……みません、わたし、すぐに……キャッ！」

謝って引き返そうとしたとき、レオンが彼女の手首を摑んだ。

「謝らなくていい。いや、謝らないでくれ。私も純粋な少年というわけじゃない。さあ、君を待っていたんだ。中に入りなさい」

手首を引っ張られ、そのまま、開いた扉の内側に足を踏み入れてしまう。

何かが違う。何かがおかしい。警告めいた動悸《どうき》が優美をどんどん不安にさせていく。

「レ、オン……わたし……やっぱり、こんな……あっ」

紺碧の瞳がしだいに近づいてきて、優美が吸い込まれそうになったとき——レオンの唇が彼女の唇を捕まえた。

優美は固く目を閉じて、歯を食い縛る。

すると、彼はキスをやめ、スッと身を引いた。

「そんな嫌そうな顔をされるのはショックだな。君に好意を持たれている、そう思ってここに招待した。私の勘違いだろうか?」

勘違いではない。レオンに好意を持っているのは事実だった。

わざとではないにせよ、失礼なことばかり口にしてしまった優美のことを、レオンは笑い飛ばしてくれた。その度量《どりょう》の広さに感激したくらいだ。

だからこそ『君とはまだ話し足りない』という言葉に、優美も同じ思いを抱いた。

だが、あくまで〝話をしたい〟という思いで、〝キスしたい〟と思ったわけではない。

「こ、好意は……あります。嫌いじゃないし……でも、キスなんて」

そこまで言ったとき、レオンの手が彼女の背中を擦《さす》り始めた。ダンスのときと同じ場所を、ゆっくりと撫でる。

肩甲骨の間をレオンの掌が上下して、優美は彼にもたれかかってしまいそうだった。

「私も乱暴なキスは好みじゃない。これでも、ロマンティストなんだよ……ユミ、目を閉じて、私に身体を預けてほしい」

耳朶に唇を押し当ててささやく。

熱い吐息が耳の奥まで滑り込み、優美の身体を一瞬で燃え上がらせた。

言われるまま、目を閉じ、彼にもたれかかる。直後、今度は唇をすくい上げるようにして奪われた。

背中に添えた手が、後ろに下がることを許してくれない。燃えるような唇を押し当てられ、優美は初めてのキスに翻弄され――。

それは、めくるめく時間の始まりだった。

☆　☆　☆

優美を部屋に引き入れる三十分前のこと――。

「フレデリック！　パーティをすっぽかして、終わったころに現れるとは……いったい、何を考えているんだ」

レオンは支配人の安斎から放蕩者《ほうとうもの》の従弟が到着したと聞かされ、閉会を待たずに二十八階のパーティ会場から引き揚げる羽目になったのだ。

優美とワルツを踊ったあと、順番に七名の候補者とも踊った。オーナーの義務を果たしただけで、とくに得るものはない。一分一秒でも早く、もう一度優美の手を取りたい。

その一念で役目を終えたのに……。

フレデリックのせいで、もう一度優美と踊りたいという願いを叶えることはできなかった。

七割方、八つ当たりの気持ちでフレデリックを怒鳴りつける。

「そもそも、この企画はおまえの発案だろう？　それも、私の両親のご機嫌を取るために計画したことだ。違うか？」

「違わないけどさ。でも、おまえだって日本でアディントンの名前を売るためにはちょうどいい、とか言ってただろ？」

「純粋な企画として〝ちょうどいい〟と言ったんだ。日本人女性の中から結婚相手を探すために〝ちょうどいい〟と言ったわけではない!!」

最上階のトップスイート、眼下に見下ろす東京の副都心は、レオンの胸に高揚感を与える。その昂った気持ちのまま、フレデリックを捕まえようとするが……彼は長い銀髪を靡かせてリビング内を逃げ回っている。

（大の男がふたりして、スイートルームで鬼ごっこなど……馬鹿馬鹿しい）

そう思いながらも、捕まえて一発殴ってやりたい気持ちは消えない。

フレデリックのせいで優美に直接声をかけるチャンスを逃したが、その点のフォローは安斎に任せた。ディナーの準備とそれにふさわしいドレスの用意、そして、優美をここまで連れて来ることを命じたのだ。

七割が優美の件での八つ当たりなら、残りの三割は……レオンの結婚を願う両親の目論見に、まんまと乗せられたことへの苛立ちだった。

フレデリックは女性にはだらしない放蕩者だが、恵まれた容姿と発想の自由さは買っている。両親からアディントン・コートのオープン企画に、フレデリックも参加させてやってほしいと言われたとき、マイナスにはならないと思って承諾した。

そして、彼が発案した〝あなたもプリンセス！〟の企画。

レオンが見世物になるようで愉快とは言えなかったが、王侯貴族に一定の敬意を表してくれる日本でなら有効な企画だと判断してゴーサインを出したのだ。

ところが、この企画そのものに裏があった。

グループ上層部の承諾を得やすくするため、表向きはレオンの両親が提案したことになっている。だが、それが事実だったとはさすがのレオンも思わない。

フレデリックがレオンの両親の意を汲んで計画したことだと知ったのが、一昨日《おととい》のことだった。

昨年秋、レオンの両親はフレデリックの両親――ヒュランダル国王夫妻に息子の独身主義をあらためさせたい、と相談を持ちかけていた。だがヒュランダル国王夫妻にすれば、彼らの息子フレデリックの放蕩に頭を悩ませていたのだ。

結果、タイプは違うが王子の称号を持つ問題児のふたりに、結婚相手を見つけようという方向に話は進み……。

そのことを知ったフレデリックは焦った。

正式な縁談となれば、称号だけで立場は一般人のレオンに比べ、王族として生きていかなければならないフレデリックのほうが立場上断りにくい。

彼は先手を打つ意味でネブラスカ州まで行き、『レオンにはヤマトナデシコが似合いますよ』とレオンの両親に協力を申し出た。

『おまえを見事ソノ気にさせたら、父上に――子供に無理強いはよくないって、伯父上から取り成してくれる約束をした。もし、おまえが断固結婚しなかったら――父上には俺から、周りが何をやっても無理って言えるだろう？』

レオンにばれるなり、フレデリックが口にした言い訳だ。

しかも、レオンにとっても悪い話ではない、とまで言い始める。

独身主義を返上したくなるような女性に会えたなら幸福なことだし、会えなかったとしても……この先数年は自由でいられるだろう、と。

その言い訳を聞いた瞬間、思わず丸め込まれそうになった。だが、フレデリックが選考会で暗躍したことを聞き、レオンは激怒する。

彼はレオンの許可なく、選考会に審査員長として参加していたのだ。

応募者リストの中から、実家の資産や親の肩書きを中心に書類選考、動画の第一次選考と選んでいき、最終候補の七人を決めた。

さらには、そのうち三人は、あらかじめ声をかけて応募させた女性だと聞き……。

「とんでもないデキレースだ!!　しかも、それがばれたからと言って、最終選考会から逃げてどうする？　おまえに過分な期待はしていないが、無責任にもほどがある!!」

「おまえのせいだろう？　俺のクビに縄をつけて連れて来い。場合によっては、企画はなかったことにする——なんて言い出すから、企画担当者に泣きつかれたんだ。これ以上おまえを怒らせるなってね」

フレデリックはおどけた顔つきでソファを飛び越え、カウンターの上に置かれたシャンパンに目を留めた。

「お、クリュッグのシャンパーニュじゃないか。さすが、アディントンのプリンスはお目が高い」

「ふざけるな！　私を怒らせっ放しのくせに、よく言えたものだ」

「俺が何をしたって言うんだ？」

「直前で八人目を捻じ込んできたと聞いたぞ」

レオンはソファを回り込み、フレデリックの横に立った。

カウンターに用意されたフリュートグラスは二個。フレデリックは両方にシャンパンを注ぎ入れ、一個を気取った仕草でレオンに差し出した。

「まあまあ、うるさいこと言うなって。それを利用して、わざと安物のドレスを用意させたくせに……ああ、やっぱり美味いな。いい喉越しだ」

先に飲み始めたフレデリックからグラスをひったくるように奪い、レオンもやけくそ気味に飲み干す。

優美にはそれとなく話したが、一着だけ劣ったドレスを用意させたのはレオンだった。

可能な限りのアクシデントは事前に経験しておくほうがいい。このホテルには優秀な人材を揃えたつもりだが、将来性を重視したため若いスタッフが多い。オーナー自身も二十六歳と若く、支配人を任せた安斎ですら三十歳だ。

「それに……俺の選んだ八番目の女が、あのプリンス・レオンのお目に留まったとか？」

その茶化すような口調にレオンは苛立ちを覚え、フレデリックの手からシャンパンボトルを取り上げた。

「なるほど。それを聞いてホテルに戻ってきた、と言うわけだ。支配人とは連絡を取っていたらしいな」

「マジで怒って、最終選考会を取りやめにしてたらヤバイなぁと思ってさ。でも、聞いてビックリ、『レオニダス殿下が安物のドレスを着た女性のことを追いかけております』なんて支配人に言われて、ひっくり返りそうになったぞ」

彼の冗談を無視しながら、レオンは空になったグラスにシャンパンを注ぎ込む。

女性との関係をアレコレ言われるのは一番嫌いだ。ことさら独身主義を口にする理由はそこにあると言えた。それもとくに、フレデリックのような男に揶揄《やゆ》されるなど、不愉快極まりない。

レオンはチラッと時計を確認し、フレデリックを追い出すことを考える。

冷えたシャンパンボトル――それもお気に入りの高級品を用意していたのは、当たり前だがフレデリックのためではない。

優美をこの部屋に招き、ディナーの前に乾杯しようと思っていた。

レオンもひとりの男だ。女性の気を惹く術ならいろいろ心得ている。だが、後々の面倒がわかっているので、ここ数年実践することはなかった。

王子の称号をステイタスにしようと近づいてくる女性はどこにでもいる。称号のみの立場の気安さか、その手の女性は十代のころに高い勉強代を払って学ばせてもらった。

ひとりの女性に一夜以上のものを提供してはいけない。その一夜にふさわしい金品だけを与えればいい。それが、彼が学んだことの答えだ。

これまで、一夜にふさわしい金品の中に、〝女性のためにシャンパンを用意する〟という項目を入れた例はなかった。

（危険なことなのかもしれない。だが、ユミには与えたい。あの、幼い少女に向けていた純粋な微笑みを、私に向けさせることができるなら……）

フレデリックを追い出す算段をしていたのが、いつの間にか優美の気を惹く計算に変わっている。

自分自身が可笑しくなって、緩んでしまった頬をフレデリックから隠そうとしたとき、思いもかけない言葉も耳にしたのだ。

「まあ、遊ぶにはちょうどいい女だよ。でも、花嫁候補じゃなくて、そっちの女を選ぶんだから、さすがレオンだよなぁ」

レオンらしくなく、ポカンとした顔でフレデリックをみつめてしまう。

「業界では口の堅い事務所だから、安心して楽しめばいい。今回は急だったから指名はできなかったけど、指示すれば好みのタイプの女を演じてくれるはずだ。おまえなら、さしずめ〝清楚で可憐〟ってとこかな」

「何を……誰のことを、言っているんだ？」

「誰って、白いポリエステルのドレスを着た女のことだよ。おまえのために、俺が調達した八番目の女さ」

それは思いがけないほどの衝撃をレオンに与えた。


レオンは生まれたときから王子だった。

だが、彼に王子の称号を与えてくれた祖国、フォルミナ王国はすでにない。世界地図に書かれた国名はフォルミナ共和国だ。

共和国の首都であるカシア市には、レオン自らが所有する屋敷もある。年に数回は訪れて休暇を過ごすことにしていた。

フォルミナ共和国に入国するときは歓迎され、国内のマスコミにも好意的に取り上げられる。マスコミの取材には笑顔で応じる反面、レオンはいつもどこかに、居心地の悪さを感じていた。

自分は王子でいていいのだろうか?

その疑問を心の奥底に抱え込んだまま、ずっと生きてきた。

かつては繁栄したフォルミナだったが、近世では決して豊かな国とは言えない。それは王国から共和国へと変わっても同じだ。

王家が所有していた土地や宮殿、財宝の類は、共和制変更と同時にそのほとんどを国庫に返納した。レオンは生まれてから今日まで、フォルミナの国費からは一ドルの援助も受けてはおらず、逆に国籍があることで税金を納めている。

彼は王子という称号を持つだけの、フォルミナ共和国国民。

それでいて、共和国にとっては排他的な存在に他ならない。どれほどの功績も努力も、認めてもらえない思いは人を孤独にする。

そして、その理由はフォルミナ以外にもあった。母の祖国であり、生まれ育った国、アメリカに対しても、レオンは同じ思いを抱えていた。

ネブラスカ州で生まれたレオンはアメリカ国籍も持っている。二十六年の人生の半分は過ごしている国なのに、どこか〝お客様〟という感覚が拭えない。

縛られるものがないということは、自由だ。

レオンは高貴な称号を持ちながら、国家国民の幸福を考える義務も、後継者を作るという最大最悪の任務も背負っていない。裕福な実家の資産であらゆることを学び、そして仕事にチャレンジできる。

好きな国へも行き、好きな仕事に就き、好きな相手と結婚できる。自由を望むフレデリックの目に、レオンはこれ以上ないほど幸福に映るらしい。

だが、レオンには自分の何が幸福なのか、全くわからなかった。

自分が何者で、どこから来てどこへ行けばいいのか……何ひとつわからないまま、何を喜べばいいのだろう?

彼の心は迷子の子供と大差ない。

誰かに手を引いてもらいたい。彼の行くべき場所へと、彼を必要としてくれる人のもとへと、連れて行ってほしかった。

五歳の少女に向かって差し伸べられた優美の手に、無償の愛を感じた。

ようやくプライスレスの微笑みを見つけた、そう思ったのに……。

上品な味と爽快感と楽しむためのシャンパーニュが、妙に苦く感じる。二杯目はひと口飲んだだけでグラスをカウンターに戻した。

一気に表情を曇らせたレオンに気づかないのか、フレデリックは変わらぬ口調で話し続ける。

「ひょっとして、トップスイートに呼ぶつもりだったのか？　まあ、外で会うより安全かもな」

言われてハッとした。

安斎にいろいろ命じたが、今ならまだキャンセル可能かもしれない。すぐに連絡を取って……と思うが、レオンは優美に抱いた憧れを消すことができずにいる。

(何かの間違いに決まっている。フレデリックの勘違いだ。そうに違いない)

普段のレオンなら、根拠のない楽観的な思考にはならない。それがわかっているため、彼は自分自身に戸惑っていた。

「なあ、レオン。ひょっとして迷ってんのか？　だったら、俺が誘ってきてやろうか？」

「おまえが誘ってどうするんだ？」

「真面目なおまえには逃げ道が必要だろ？　もしなんかあったときは、全部俺のせいにすればいい。女癖の悪い従弟にそそのかされましたってな」

グラスを顔の前に翳《かざ》し、フレデリックはウインクして悪戯っぽく笑う。

レオンとひと月違いの従弟。北欧育ちのせいで肌の色も白く、よく言えば繊細、悪く言えば軟弱なイメージを人に与える。黒に近いダークグレーの瞳も、笑っていなければ辛気臭く見えるだろう。

血の繋がりがあっても、健康的に見えるブロンズ色の肌、日焼けしたような金髪、紺碧の瞳を持つレオンとは全く印象が違った。

だが、ふたりの身長や体格に大きな差はない。教養や運動能力も遜色ないとレオンは思っている。だが、当の本人がそういった方面では目立とうとしないだけだ。

人を怒らせるようなことも、わざとやっているとしか思えない。

それらは、第一王子でありながら後継者ではない、というフレデリックの立場に起因しているのだろう。

様々な事情に加えて、従弟という気安さもある。どれほどの放蕩を見せられても、レオンはフレデリックのことを嫌いにはなれなかった。

「そう、だな……支配人より、おまえのほうがいいかもしれない。白いドレスの候補者を、トップスイートに案内してくれ」

「OK」

ひと言で承諾して背中を向けたフレデリックに、レオンは付け足した。

「だが、私は何をするときも自分の責任において行う。女癖の悪い従弟を庇《かば》う気はないが、庇ってもらう気はもっとない。彼女にも、余計なことは一切言うな」

フレデリックが選んだ八番目の女性と、レオンがこの部屋で一緒に過ごしたいと望んだ女性――優美は別人かもしれない。

優美にもう一度会いたいと望みながら、ここに来るのが彼女でなければいいと願う。

数分後、レオンのもとに電話がかかった。相手はフレデリックだ。

『彼女を見つけた。俺のカードキーを渡して、トップスイートへの専用エレベーターを教えておいたから。存分に楽しめよ』

心の中で『大きなお世話だ』と呟き、レオンは電話を切った。

専用エレベーターが止まり、エレベーターホールに誰かが入ってくるとモニター画面にその姿が映る。

純白であるにもかかわらず、安っぽい官能を纏ったドレス。豊かな胸やヒップに、アンバランスな無垢さを感じたのは気のせいだった。香水ではなく、シャンプーの香りにそそられたと思ったのも……。

（女は身体だけでなく、笑顔にまで値札をつける、か。私もまだまだ勉強が足りないようだ）

レオンは拳を握りしめながら、画面に映る優美の姿を食い入るようにみつめた。

第三章　甘くて切ない初めての夜

初めてのキスを王子様と……なんて、うっとりとしていられたのは短い時間だった。

唇の間を強引に割り込もうとするレオンの舌と、甘く香るアルコールの匂いに、優美はびっくりして彼の胸を押し返す。

「ま……待って……あの……」

ボーッとして、流されたままでいるのは甚だまずい。このまま進むとどこにたどり着くのか、男性が苦手な優美にもわかることだ。

そのとき、彼女の掌にトクンと鼓動が伝わってきた。

平織のドレスシャツ越し、レオンの鼓動がしだいに速くなっていく。優美の呼吸も荒くなり、いっそ流されてしまってもいいかも、などと不埒な思いに囚われてしまう。

だが、優美の態度を拒絶と受け取ったのか、レオンのほうから離れてくれた。

「まったく、私としたことが、どうかしているな。タキシードの上着を脱いだだけで、タイも外し忘れていたとは」

彼は後悔するように呟くと、襟の下に手をやった。

ブラックタイを外すと同時に、襟元を緩める。露わになった喉仏と鎖骨に、優美の目は釘づけになった。

思えば男性と、こんなにまで密接な距離になったことはない。それもホテルの一室にふたりきりなど、相手が王子様ということを差し引いても、信じられない状況だ。

「今、シャンパンを冷やしている。あと、十分程度で飲み頃だ。それとも、ワインのほうがよかったかな？」

「い、いえ、お酒は……あの……ひと口だけ、いただきます」

いいも悪いもない。ほとんどお酒を飲まない優美にとっては、シャンパンもワインも同じだった。

社会人になれば付き合いで居酒屋くらいは訪れる。同僚や友人が飲むと言えば同じものを口にする程度で、これが好き、と言えるようなものはひとつも思い浮かばない。

何も勧められなければ『とりあえずウーロン茶』と言ってしまうタイプだ。

だが、レオンは優美のために、わざわざシャンパンを冷やしてくれているという。

（お酒はよくわかりませんなんて、失礼よね？）

いろいろ考えながら、優美のほうも彼と距離を取ろうとした。

ところが、彼女から離れようとすると、レオンは逆に近づいてきたのだ。そのまま腰に手を回され、ごく自然な動作で抱き寄せられる。

「遠慮しているのか？　最初はクリュッグを用意していたんだが、飲まれてしまってね。今はサロンを冷やしている。それでも、充分に君の期待に応えられるはずだ。ディナーのほうは……準備に少々時間がかかるらしい」

その声色はどこか変に思えたが、それ以上に気にかかる言葉があった。

「レオンもお酒、飲まれてますよね？　パーティのときは飲まれてなかったみたいですけど」

「え？　ああ、ここに戻ってから飲んだんだ。どうしてもと、せがまれてね」

「それは、ひょっとして……」

ホテルのスイートで一緒にお酒を飲む相手といえば、やはり女性だろう。パーティを早めに切り上げてまで、ここで会っていた……。

優美のことを思い出したのは、なんらかの事情でその女性と過ごせなくなったからかもしれない。

（考え過ぎ……かな？）

だが、そんな理由でもなければ、レオンが優美のことを覚えていたとは思えなかった。

軽く腰を抱かれ、エスコートされながらトップスイートを奥に進む。

「ひょっとして……何かな？」

「えっと……」

たとえ想像どおりだとしても、そのことに文句を言う資格はない。

憧れのレオンともう少し同じ時間を過ごしたい。優美の願いはそれだけだ。いや、それ以上などあまりに大それたことで、さっきのようなキスもきっと挨拶程度なのだろう。

（わたしみたいな庶民が珍しくて、だから話してみたかったってだけよ。キスしたり、スイートに呼んだり、シャンパンを用意してくれたり……王子様にはごく普通のことなのよ。うん、そうに決まってる）

話を逸らそうと思い、優美は慌ててスイートルームのエントランスを見回した。

扉の正面にはリビングの入り口があった。アーチ型で内扉はなく、エントランスからもリビングのサロンセットがよく見える。

だがそこに至るまでに、エントランスには左右に扉がひとつずつあった。

「スイートルームって玄関も広いんですね。あ、あの……奥はリビングですよね？　でも、扉がふたつも、こっちはなんですか？」

腰に置かれた手をできる限りさりげなく外し、右側の扉に飛びついた。

「せっかくなんで、ぜひ、見学させてくださいっ」

言いながら勢いをつけて開くと、正面に洗面台があった。右手には目隠しとなる衝立があり、その奥に見えたのは洋式便座……。

背後から、必死で笑うのを我慢するレオンの声が聞こえてきた。

「見学するほどのものじゃないが、ご覧のとおりトイレだよ。なんなら、もうひとつも開けてみる？」

「は、はあ……でも、さすが、スイートルームですよね。洗面台も、鏡も豪華で……」

床や壁、洗面ボウルまで同じ乳白色の大理石で揃えてあった。しかも純金製のカランが取り付けてあり、そんじょそこらではお目にかかれない代物だ。

だが見学するほどのものかと言えば……とはいえ、こうなれば、ひたすら笑って〝お上りさん〟を続けるしかない。

優美は懸命に笑いながら、もう一方の扉のノブに手をかける。

「えっと、向こうがトイレだったから、こっちはお風呂かな？　あ、でも、クローゼットかもしれない」

聞こえるような聞こえないような声でブツブツ呟きながら、ノブを回して手前に開いた。

中は暗くてよく見えない。だが、かなり広い空間に感じる。とてもバスルームには思えず……。

そのとき、戸惑う優美の背後からレオンが手を伸ばして壁を探った。直後、カチッというスイッチを押す音が聞こえ、室内は一瞬で光に満たされる。

「ゲストルームだ」

そこは優美の部屋——六畳間の軽く五倍はありそうな部屋だった。真っ暗だったのは重厚なカーテンで窓をしっかりと覆い隠しているせいだ。

部屋の中で一番存在を主張しているのは、ダブルベッドだった。どこを向いても大きなベッドが視界から消えず、優美は視線のやり場に困る。

「もちろん、中にはバスルームもクローゼットもあるよ。泊まって行くかい」

レオンの声が耳のすぐ後ろから聞こえてきた。吐息が耳朶に触れ、あまりの近さに意識を失ってしまいそうになる。

だが、すぐさまもう一度スイッチが押され、目の前は暗転した。

「さあおいで、ユミ。シャンパンはリビングだ。それから、君が泊まって行くとしたらゲストルームではない。メインのベッドルームはもっと広いよ」

驚きのあまりレオンの顔を見上げてしまい、余計に心臓の鼓動が跳ね上がった。

(そ、そ、それって……どういう意味⁉　聞いたほうがいい？　でも、聞いたら余計に取り返しがつかない気がするっ！)

彼女をみつめているのは……獲物を狙うような怪しげに光る藍色の瞳。

優美は自分がスイートルームの囚われ人になってしまったみたいで、彼から目を離すことができなくなった。

リビングに壁一面の窓を想像していた優美は、驚きのあまり言葉を失くした。

天井から床まで届くアーチ型の窓には、そのひとつひとつにタックアップしたレースのカーテンと、タッセルで左右に分けられたクリーム色の厚手のカーテンが吊るされ、上飾り《ペルメット》まで取りつけられていた。

リビングをぐるりと見回すと、白い壁に天井、ブロンズ製の豪華なシャンデリア、煉瓦造りの暖炉——実際には暖炉風のヒーターらしい、毛足の長い絨毯の上には三人掛けのソファがふたつ、他にもいくつものアンティークの椅子が置かれている。

徹底したヴィクトリアン風の内装に、響子に教えてもらった——ホテル滞在中は宮殿に招かれた国賓のような気分をお客様に味わっていただく、という言葉が頭に浮かぶ。

たしかに、ここに通されただけの優美ですら、国賓の気分になれそうだ。

とくに、リビングの隅に置かれた小さめの白いグランドピアノに優美の目が留まった。その猫脚《ねこあし》の可愛らしさは、みつめているだけでため息が零れてしまう。

「再会に乾杯しよう、さあ」

そう言いながらレオンが差し出したのはシャンパン用の長細いフリュートグラス。

優美は緊張しながら、しっかりとグラスを受け取る。

お酒に興味はなくても、そのグラスが非常に高価な品であることくらいはわかった。おそらく、どこかのデパートで触れたこともあったはずだ。

だが、最高級のシャンパンが中に注がれた状態で手にしたのは初めてのこと。

緻密な泡がグラスの中で踊っている。レオンの髪より淡い金色の液体からは、甘やかでフルーティな香りが漂ってきた。

「ヴィンテージになるから、食前酒《アペリティフ》には少し重いかもしれない」

「ヴィンテージ？」

その意味がわからず、優美は恥ずかしい気持ちになりながら、小さな声で繰り返してみる。

すると、レオンは優美の手を引き、三人掛けのソファに腰を下ろしながら、優しく説明してくれたのだった。

シャンパンは正式にはシャンパーニュと言う。フランスのシャンパーニュ地方で作られたスパークリングワインのことで、他の地域で作られたものにシャンパンと名づけたらダメらしい。そしてヴィンテージとは同一年に収穫された葡萄からのみ醸造されたシャンパンのこと。

「シャンパンはもともと、できのよくない葡萄で作られた飲みものなんだ。そのため収穫年や畑、品種もバラバラのノン・ヴィンテージが多い。その中でサロンはヴィンテージしか製造しないメーカーなんだよ」

そんなふうに聞くと、グラスの中のシャンパンが、如何《いか》に貴重かがよくわかる。

レオンは優美の隣に座り、グラスを傾けた。ひと口……ふた口と飲み、しなやかな指先と顎のラインに目を奪われドキッとする。

「ああ、これは思ったより軽い味だ。熟成が足りていない分、爽やかさが勝っているかな。君も飲んでごらん」

ふいにみつめられ、優美は慌ててグラスに口をつけた。

甘い香りに誘われるように、そのまま口の中に流し込む。ひんやりした口当たりは予想以上に飲みやすく、滑らかなジュースのように喉を潤していく。

だが次の瞬間、レオンに手首を摑まれていた。

「待ちなさい。シャンパンはそんなふうに飲むものではないよ」

「す、すみません……わたし、シャンパンはたぶん飲んだことがないと思うんです。だから、飲み方なんて知らなくて」

フリュートグラスにはそれほどの量は入っておらず、一気には飲みにくい形をしている。そのため、たいした量を飲んだわけではないと思うのだが……。

「怒っているわけじゃないんだ。アルコール度数はかなりのものだから、ビールのように飲んだら気分が悪くなるかもしれない」

「えっと、だ……だ……大丈夫です」

お腹の中心がぽかぽかと温かくなり、全身に広がっていく。

ほんの少しだけ身体がふわふわとするが、とくに気持ち悪さはない。口の中にはフルーツジュースを飲んだあとのような、爽やかな甘さが残っていた。

「ユミ、本当に大丈夫なのか？」

「はい！　あ、一気に飲んじゃダメなんですね。じゃあ、ちょっとずつ……」

そうっとグラスを傾け、少しずつ舌に落としていく。

コクンとひと口だけ飲んで、

「美味しいです！　口に入れた瞬間はちょっと酸っぱいけど、その分、飲んだあとにスッキリした甘さが残るので……そう、グレープジュースみたい！」

優美は感謝の意味も込めて、思いつく限りの言葉でレオンに感想を伝えようとして……。

結果、愚かにもシャンパンは葡萄の味だと力説していた。

「まあ、そうだろうね」

笑いを堪《こら》えたレオンのひと言に、優美は頭の中が沸騰しそうなほど熱くなる。

真剣に答えれば答えるほど、冗談のような笑い話になっていく。

「そ、そうですよね……わたしったら、何を言ってるんだろう」

仕方なしに優美も笑ったが、ほんの少し泣いてしまいそうだ。

そんな彼女の顔を見ながら、レオンはポツリと呟いた。

「君を見ているだけでホッとするなんて、私も焼きが回ったかな」

「焼き？　シャンパンの焼きってなんですか？」

また専門用語かと思い、優美は尋ねる。

だが、レオンは首を振りながらフッと笑った。

「いや、ちょっと冷やし過ぎかな、と言ったんだよ」

「冷やし過ぎ？　そんなこと、ないと思うんですけど。とっても美味しいですよ」

「じゃあ、試してみる？」

冷えていないシャンパンを試しに飲んでみるか、という質問だと思った。ようするに、新しいシャンパンを開けるということだろう、と。

あとから考えれば、そんなに飲めるはずがない、と思うのだが、このときの優美は簡単にうなずいてしまう。

すると、どうしたことかレオンはグラスのシャンパンを一気に口に含み……そのまま、優美に覆いかぶさってきた。

「え……ぁん、んんっ!?」

唇が重なり、こじ開けられた唇の間から、温《ぬる》くなったシャンパンが流れ込んでくる。

口移しでは完全に入りきらず、優美の唇の端から金色の液体が零れていく。それは顎を伝い、胸の谷間に滴り落ちていった。

胸元をくすぐるこそばゆい感覚に、優美は身を捩《よじ》る。

「どう？　これくらいのほうが、より甘く感じないか？」

口移しで飲まされたことが衝撃的過ぎて、甘いも何も、味などさっぱりわからない。

わかっているのは、レオンの舌はシャンパンの味がした、ということ。

「えっと……えっと、甘い、ですけど……シャンパンが零れて……くすぐったいです」

「くすぐったい？　それは、どの辺り？」

問い返すレオンの声が妙に甘ったるく聞こえる。

「どのって……顎とか、胸とか……」

答える自分の声まで甘く聞こえるのは、口移しでシャンパンを飲まされたせいだろうか？

自分の身体を別の自分が動かしているような、奇妙な感覚でいっぱいになる。

視線を感じて見上げると、レオンの切なげな瞳があった。

何も言わないまま、ふたりはしばらくの間みつめ合い、そしてレオンの唇が彼女の顎に押し当てられた。

「あっ……んっ」

胸の開いたドレスを着たままで、この部屋を訪れたのは間違いだったかもしれない。そんな思いが頭をよぎるが、その先になると思考がストップしてしまう。

優美が混乱している間にも、レオンの唇はシャンパンの流れたあとを辿り、胸の谷間まで到着していた。

くすぐったさはシャンパンの液体が流れたとき以上だ。

しかし、強く拒絶することもできず、優美はされるがままだった。

「ひょっとして、こういったことにずいぶん慣れているのかな？　そろそろ正直に白状したらどうだい？」

「何が……ですか？」

優美がポワンとした表情で答えると、レオンは苛立たしげに続けた。

「仕事先で、こんなふうに男に身体を預けること、だ」

「仕事先……男……」

時折、園児の父親に会うか、学区内の小学校の男性教諭に会うか、職場で男性と言えばその程度か。

そう思うと優美は可笑しくなり、クスクスと笑い始めてしまう。

「何が可笑しい？」

「だって、レオンったら。同僚の男性なんてひとりもいないのに」

正直に答えると、なぜかレオンの顔が曇った。

「ああ、同僚は女ばかりかもしれない。でも、現場ではどうかな？　若い男に囲まれて、チヤホヤされる仕事じゃないのか？」

一瞬なんのことかと首を捻ったが、すぐに園庭で走り回る男の子の姿が浮かんだ。

「ああ、言われてみればたしかに。とっても若い男の子が、いーっぱいいます！　こう見えて、わたしってば、けっこうもてるんですよ。みんな、わたしのことが大好き、なんて言ってくれたりして」

フフフッと思い出し笑いをしながら、優美はなんとなくレオンにもたれかかった。

その拍子に肩紐が少し緩み、左右とも腕まで落ちてしまう。それを待っていたように、レオンはドレスの胸元を口で挟み、クイッと押し下げた。

ふいに胸の辺りが自由になる。

このドレスを着るため、ブラジャーは外していた。そのせいで、左胸の先端がポロリと飛び出してしまう。

「きゃっ!?」

雲の上を歩くような気分ではあったが、羞恥心は残っている。

優美は慌ててドレスをもとに戻そうとしたが、その手をレオンに摑まれた。

「隠さなくていい。豊かで美しい形をしている。肌もミルク色ですべすべしていて、とて

か……あっ」

「お、美味しいって……わ、わたしじゃ、シャンパンの肴《さかな》には……な、ならないって言うか……あっ」

指より先に、レオンの唇が胸の先端を捉えた。

チューッと音を立てて吸いつき、ヌメリのある舌に刺激されて、無意識のうちにその部分が尖り始める。

（これって、何……わたし、レオンに何をされてるの？）

こそばゆい感覚と、下腹部の甘い疼き。

どちらも初めての経験で、優美はどう対処すればいいのかわからなかった。

「肌が火照っている……暑いのか？」

レオンの問いにコクコクとうなずく。

すると、ふいに胸の辺りに冷たいものを垂らされた。

「ひゃ……っん、や、やだ、何？　冷た……あっん」

グラスに残ったシャンパンが優美の素肌に注がれる。胸の谷間を抜け、おへその辺りまで流れてドレスを濡らしていく。

「ま、待って、染みに……なっちゃう、から……」

値段や素材はともかく、借り物のドレスを汚して返すのは気が引ける。もっと気にすることはあるはずなのに、そんなところにだけ意識が向いてしまう。

だが、ドレスを気にする彼女の気持ちなど意に介さずといった素振りで、レオンは優美の胸の谷間に顔を埋めてきた。

「ああ、とても甘いな。肌もほどよく冷えたようだ」

ふと下を向くと、もう片方の胸も露わになっている。

上半身はいつの間にかレオンのほうを向かされていた。彼は両方の胸を鷲摑《わしづか》みにして中央に寄せ、肌を伝うシャンパンを啜《すす》り始める。

「やぁんっ……レ、オン……待って、待ってくださ、い……こんな、あっん、あっ、やぁ」

とんでもないことをされているのに、不思議と嫌悪感はなかった。

アルコールのせいであることは間違いない。敏感になった全身がレオンの気紛れな愛撫に反応して、気持ちよくなってしまう。

「声もそれらしくなってきたじゃないか。全部わかっているんだ」

「わか……ってる?」

「そうだ。君は若い男に奉仕されるほうが好きなのかもしれないが、私もそう年上ではないよ。まあ、奉仕するのもされるのも、あまり好きじゃないが……。その分、悪いようにはしない」

レオンは何を言いたいのだろう?

本当ならきっぱりと問い返して、この行為の先にあるものがなんなのか、確認する必要がある。

彼は遠い世界の人で、憧れの王子様にすぎない。恋をしたり、キスをしたり、身体を許したりする相手ではないのだ。戯れで触れられることも不本意なことだし、それ以上のことを期待されているなら、もっと困る。

そのことをたしかめなくてはいけないのに、優美の頭の中はお花畑になっていた。

綺麗な花が咲き乱れた場所を、蝶になった気分で気持ちよく飛び回っている。

「悪いようにって……」

「君が望むものを与える用意はある。いつもはこんな真似はしないんだ。君は……特別だな」

シャンパンに酔った彼女の耳は〝特別〟の言葉だけを捉えた。

王子様の特別な存在なんて、夢のようなことだ。普段なら決して信じないことなのに、レオンの瞳をみつめるうちに、すべてが頭の中で真実に変換されていった。

「わたしも……わたしにとっても、レオンは……特別、です」

頬を真っ赤に染め、紺碧の瞳をジーッとみつめたままで言う。

すると、突如レオンの顔に動揺が浮かんだ。

(わたし、何か変なこと言った？)

聞いてみようか、と思った直後、優美の唇は塞がれていた。

荒々しい吐息をぶつけられ、激しい口づけが彼女の理性を翻弄する。息をつく暇もないほど唇を吸われ、そのあとには肉厚のある舌が押し込まれた。

「んんっ……はぅ……ぁっん」

彼の手は緩々と優美の胸を揉みしだく。

自分でも思いがけない声が口から漏れ、考えなければならないことが、淡雪のように消えていってしまう。

「私は、ソファでもかまわないが、君はどっちがいい?」

少しだけ唇が離れる。レオンの問いに、優美は喘ぐように質問で返した。

「それって、何と何の、どっち?」

「決まっている。愛し合うのは、このソファと……ベッドのどちらが君の好みかな?」

言いながら、レオンの指は尖った胸の先端をクニュクニュと弄ぶ。

硬く敏感になった部分をこねくり回され、優美は彼に倒れかかるように抱きつき、

「べ、ベッドが……いいです」

そう口走っていた。

☆　☆　☆

リビングに扉はふたつあった。

ひとつはダイニングに向かう扉。ダイニングの奥には簡易キッチンとパントリーがあり、インスタントを中心に食料がストックされている。

パントリーには外に繋がる扉もあり、正面のエントランスやリビングを通らずに、食事のセッティングが可能だと言う。

そして、レオンの腕に抱かれ、優美が連れて行かれたのはもうひとつの扉――トップスイートのベッドルームだった。

広い部屋にはキングサイズのベッドが置かれてあり、その上に転がされた瞬間、優美は本物の天蓋を初めて目にする。

自分の置かれている状況が、にわかには信じがたい。

胸がいっぱいになり、言葉も出ない優美の顔を覗き込み、レオンは真面目な口調で話し始めた。

「ひとつだけ、言っておきたいことがある。最終選考会の件だ。プリンセスは企画担当者が決めることで、私が無理やり捻じ込むようなことはしない。君は他の候補者と、同じ立場で――」

動き続けるレオンの口を、優美は人差し指で優しく押さえた。

「そんなの、当たり前です。わたし、そういった〝特別〟にはなりたくないから」

ズルをして選んでもらうための〝特別〟など論外だ。優美は真剣な気持ちで口にする。

だが、レオンは彼女の手首を摑み、

「君は本当に、私の〝好みのタイプ〟だ」

自嘲めいた笑みを浮かべながら言う。

肘まで隠れたロンググローブをクルクルと丸めながら外され、露わになっていく腕や手に、レオンの唇が落とされた。

その仕草に情熱より荒々しさを感じ、優美の胸に不安がよぎる。

直後、レオンの手によりドレスが剝《は》ぎ取られた。それはさらに彼のイメージを損ねるような、かなり強引な振る舞いだ。

優美は今、響子に勧められてTバックのショーツを穿いていた。

ブラジャーはなくても我慢できる。だが、さすがにショーツまで穿かないというのは心許ない。しかし普通のショーツではラインがくっきり浮かんでしまうと言われ、仕方なくTバックを身につけたのだった。

その真っ白のTバックがレオンの目に晒されている。それ以外につけているのは、ショーツとお揃いのガーターベルトとストッキングだけ。

「あ……見ないで、恥ずかしいから……」

「素晴らしい反応だな。〝清楚で可憐〟が趣味だと、フレデリックから聞いたのか？」

「……？」

靄《もや》がかかったような頭では、どれほど考えても質問の意味はわからなかった。

フレデリックが口にしたことで一番覚えているのは『ヤツがこういう形で女の子を誘うのは、十年に一回くらい』という言葉だけだ。

あとは……。

「楽しませてやってくれ――そう、言われました」

マスコミを通しては、クールな印象が強いレオンだったが、優美といるときはよく笑う。単に優美が失敗ばかりして、それを見て笑っているのかもしれないが、たとえそうでも笑顔のレオンが見られるのは嬉しいことだった。

「たくさんの笑顔に囲まれているのが好きなんです」

「なるほど。だから、あの少女も笑顔にしてやったわけだ」

「はい。だってわたし、それが仕事なんですもの」

組み伏された格好で、近づいてくるレオンの顔がピタリと止まる。

「仕事？」

「幼稚園の先生なんです。子供たちの笑顔を見るのが大好きだから」

彼は少し意地悪そうに、片笑みを浮かべた。

「それはいい。〝清楚で可憐〟な女性にふさわしい仕事だ」

「あ、あの……さっきから言われてる〝清楚で可憐〟って、わたしのこと……あ、ぁんっ」

何度目かのキスを受け入れると、彼の唇は首筋から鎖骨をなぞり、胸に向かった。同時に、大きな掌が胸から腰に、そして、ショーツを引き下ろしていく。

たった一枚、それも大事な場所を必要最小限で隠すだけの布。それでもなくなると酷く不安で、優美は羞恥のあまり腰をくねらせる。

「白いショーツにガーターか。まるで花嫁衣装のようだ」

「は……花……嫁」

深い意味はないのだろう。ただ、花嫁の着る下着に見えるというだけのこと。それだけのことと思いながら、優美は自分が花嫁になったような錯覚に陥る。

片方の爪先から白いショーツが抜かれ、無防備になった脚の間に指先が押し込まれた。

「あっ……あ、やだ……レオ、ン」

反射的に閉じようとした脚を、彼は膝で押さえ込んだ。太ももの間に膝を滑り込ませ、そのままこじ開けていく。

優美の秘められた部分には隙間ができ、そこをゆったりとした動きでレオンは上下に擦った。

「はぁうっ！　ぁ……やぁ、んっ……ぁ、ぁ、ぁあっ」

花びらを一枚一枚捲られ、レオンの指先に花芯を見つけ出されてしまう。

うぶな芽にほんの少し指先が掠め……ただそれだけで、下肢が戦慄《わなな》くほどの刺激を優美に与えた。

「そこ、そこは、ダメ……ダメ、で、す」

「何がダメなのか言ってみなさい。触るのがダメなのか、それとも、抓《つま》んでこするのが？　むしろ、君の躰は悦んでいるように思うんだが」

脚を閉じたい。彼の手淫から逃れたい。そう思う反面、この行為の向こう側には、蕩けそうなほど甘やかな気配が見え隠れする。

「感じるまま、乱れたらいい。私に君の本性を見せてくれ」

「そんな……そんな、こと……ほ、本性、なんて……」

レオンは何を言っているのだろう？

ここに来たときから、少しずつ嚙み合わない部分が増えていく。〝特別〟の言葉に引きずられ、このまま愛し合ってしまってもいいのだろうか、という思いが浮かんでくる。

花芯をさわさわと撫で、時折キュッと抓む。

得も言われぬ快感に優美が身を委ねそうになったとき、彼の指がさらに茂みを掻き分けた。

「ああ、すまない。こっちも可愛がってやらなくては、君も素直になれない、と言うことか」

「こ、こっち、と言うのは……あっ⁉」

クチュリと小さな音が聞こえた。レオンの指が茂みの奥へと進み、やがて、蜜を湛えた泉へとたどり着いた。

泉の縁をゆっくりとなぞり、快楽の堰《せき》を少しずつ崩していく。淫らな悦びに誘われて溢れんばかりになっていた堰は、彼の手淫であっという間に決壊した。

羞恥に満ちた水音はグジュグジュと濁った音を立て始め、しだいに大きくなる。

「や、やだ、こんな……ゃん、やめ、ダメだか、ら……ぁん、あ、あ、あ、はぁうっ！」

堪えきれなくなったとき、優美はシーツを握りしめた。

頤《おとがい》を反らせ、全身をピクピクと震わせる。秘所から臀部にかけてぬるっとした生温かさを感じ、ふたたび脚を閉じようとしたが、やはり、レオンによって阻まれた。

「ダメだと言うわりに、この上なく気持ちよさそうだ。ほら、私の指をこんなに濡らしてしまって……清楚なフリは諦めたほうがいいんじゃないか？」

窓から射し込むオレンジ色を帯びた光が、レオンの髪を明るい色に染め上げる。

彼は不機嫌そうな顔で、濡れた右手を優美の目の前に差し出した。

「フリ、なんて……そんな……」

恥ずかしさのあまり、しどろもどろになるばかりだ。何を言っても言い訳にしか聞こえないだろう。

(本性とか、フリとか言われるのは、わたしがこんなふうに気持ちよくなっちゃうから？　だから、レオンは怒ってるの？)

ほんの少し触れられただけで、優美の躰に快感が走る。

飲み慣れないシャンパンのせいで敏感になっているのか、それとも、レオンへの思いが恋になったためか……正確なところはわからない。

だが、これ以上レオンに誤解されたままでいるのは嫌だった。

「シャンパンの……せいです。ヴィンテージなんて、初めて……飲んだから、だから……あっ」

レオンは唇でたわわに実った胸を愛撫したあと、舌先を下腹部に進めた。

そのままゆっくりと下がっていき、ふいに優美の両脚を担ぐようにして、茂みに顔を埋める。

「や、ゃぁ……きゃ!?」

両手で脚の付け根を押さえ込み、熱い舌が淫芽を舐め取った。

同時に蜜窟の入り口を指で掻き回され、ベッドルームに淫らな水音を響かせていく。

「レオ……レオン、やだ、それは……やぁーっ！」

思わずレオンの髪に触れたが、それを摑むことも、力を込めて押しやることもできない。なすすべもなく、優美はふたたびシーツを摑んだ。

だらしなく脚を開かされたまま、燃えるような舌で割れ目を舐《ねぶ》られ……。

優美は、気が遠くなるような快感の坩堝《るつぼ》に突き落とされていた。蕩けるような悦びに包まれ、全身が溶かされていくようだ。

固く目を閉じ、荒い呼吸を繰り返した――。

わずかだが、意識が飛んでしまったようだ。ハッとして目を開けたとき、レオンはすでに黒のサスペンダーとカマーバンドを外していた。

レオンは無造作にドレスシャツを脱ぎ捨て、前髪を手で掻き乱す。

綺麗にセットされていた髪が荒々しく乱され、瞳はこれまで以上に深い藍色に煌めいた。

「ユミ……私は本来、君のような女性を抱く男ではないんだ。もっと慎重に……間違っても、性衝動にだけは支配されまいと思ってきたのに」

レオンの言葉は半分も彼女の耳に入ってこない。

全身に熱い血が巡り、耳のすぐそばで心臓が暴れているみたいだった。

下腹部に残っているのは甘い疼きだけ……。シャンパンで羞恥心を消し去られた優美は、レオンから与えられるさらなる悦びに身を投じようとしている。

「わたしも……わたしも、慎重にって、そう思って……でも、レオンならいいです。あなたは〝特別〟だから……。あなたに、すべてを、捧げたい」

大きく胸を上下させながら、優美は心を込めて伝えた。

そのとき、しとどに濡れそぼった場所に、レオンの猛《たけ》りがあてがわれ——。

「私に捧げる？　それは処女《パルテノス》にふさわしい言葉だな」

「パル……それは、どういう……あっ」

次の瞬間、大きく昂ったレオンの雄が、優美の躰に滑り込んだ。

蜜襞を限界まで押し広げつつ、奥へと侵入してくる。力いっぱい詰め込まれているみたいで、知らず知らずのうちに全身に力が入ってしまう。

「クッ……きついな。ユミ、力を抜いてくれ」

力を入れている自覚はなかった。

昂った男性器という異物を挿入され、未通の躰が強張っているだけだ。

だが、優美の反応がないことに焦れたのか、レオンはさらなる圧力を加え、滾《たぎ》った欲棒を彼女の膣内《なか》に押し込んできた。

ズチュ……ヌチュッと卑猥な音を立てて、雄身の脇から蜜が溢れ出す。

そのまま勢いをつけるようにして、レオンの猛りが狭隘《きょうあい》な部分を突き破った。

「やぁーっ！　あ……あぅ、あぁ……んんっ」

皮膚を裂かれるような痛みが走り、優美は思わず声を上げてしまう。そのあとも鈍い痛みが続き、彼女は堪えようと必死で唇を噛みしめる。

「もっと力を抜きなさい。フレデリックに言われたんだろう？　そんな顔をされたんじゃ、全然楽しめない」

苛立たしげなレオンの口ぶりに、優美はどうにかして力を抜こうとした。

だが、どうやっても上手くいかず……自分が大人の女として酷く稚拙に思え、うっすらと涙が浮かんできてしまう。

戸惑う優美を置き去りにして、肉棒は彼女の奥深くまで突き進んだ。

鋭い痛みは消え、下腹部に疼痛だけが残る。

蜜窟の天井を穿つように突き立てられた灼熱の杭は、やがてゆっくりと引き抜かれていく。そのあとふたたび押し込まれ、それが快感へと導くための抽送なのだと知った。

ところが、抽送を重ねるほどに、優美の中から快感は遠ざかる。

つい先刻まであった意識を飛ばしてしまうほどの悦びは、いったいどこにいってしまったのだろう？

（痛いのは、わたしが……悪いの？　身体がガチガチで、どうやって力を抜いたらいいのか……全然わからないから）

涙が止まらず、とうとうこめかみに流れ落ちた。

その瞬間、レオンの抽送が止まった。彼は優美の頬を優しく撫で、こめかみに流れる涙をそっと拭う。

「ずるいな。私が君を泣かせているみたいだ」

レオンの切なげな声に、優美は目を見開いた。

泣いているのは彼のせいではない。

「ごめん、なさい……わたしが、慣れてない、から……」

謝った直後、レオンの頬が歪んだ。

込み上げた感情を抑えるようにして、彼は口を開く。

「わかった……わかった、私の負けだ。君に付き合うよ。じゃあ、充分に優しくしてあげよう」

「あ……あの、優しくって、あっんっ……レオン、んんっ！」

レオンの腰が緩々と円を描くように動き、同時に花芯を軽く撫でられた。

それは、ただ抜き差しを繰り返すだけの行為とは違う。慈しむような愛撫が、一瞬で彼女の躰に快感を呼び覚ました。

「まったく、躰は正直だな。あっという間に、奥までトロトロだ」

そう言う彼の口からも甘い吐息が漏れ、この悦びが優美だけのものではないと知る。

「レ、オン……痛みが、なくなって……とっても、気持ちいい」

正直に口にしたつもりだったが、肌から伝わってきたのは疑惑と不信感。レオンは優美を信用しておらず、彼女の言葉の裏を探っているかのようだ。

(どうして、そうなるの？　でも、わたしを〝特別〟って言ってくれたわ。愛し合うために、ベッドルームを選んだはずなのに)

悦楽が優美の全身を包み込む。

優しいだけの動きに力強さが加わり、未熟な官能が少しずつ開かされていく。クイクイと腰を揺らされながら、指先で弄ばれる部分に熱が集まっていった。

「あ……やぁん、レオン、そこは……あ、あっ、あぁっ……レオン、レオ……ン、やあぁーっ！」

「ユミ、ユミ、私も……もう、ダメだ」

ふいに抽送が激しくなり、パンパンと音を立てながら彼女の躰に打ちつけてきた。

すぐさま「クッ！」と短い声が聞こえ……快楽の余韻とともに、優美の意識は脳裏に浮かんだシャンパンの泡の中に沈んでいった。

☆　☆　☆

身体中がだるい――寝返りを打ったとき、そんな思いが優美の頭をよぎる。

重い瞼をうっすらと開く。その瞳に映ったのは真っ暗な窓。まるで海底から水中をみつめているようだ。

優美はボンヤリした頭で、そんな愚にもつかない感想を抱いていた。

（なんだか、疲れちゃった……もう少し、寝ててもいいかな？）

ベッドのマットレスはほどよい硬さだ。柔らか過ぎて身体が沈むこともなく、ギシギシという不愉快な音も聞こえてこない。

心地よい眠りに引きずり込まれそうになったとき、優美はハッとして目を開けた。

シャンデリアの灯りは消えている。だが、常夜灯だけで自分が天蓋つきのベッドに寝かされていることがわかった。

（こ、ここって、アディントン・コートのトップスイート⁉）

のんびりと寝ている場合ではない。

慌てて身体を起こしたとき、目の前がくらっとして一瞬だけ視界が歪んだ。

優美はギュッと目を閉じ、今度はゆっくりと開く。眩暈は治まっていて、ホッとすると同時に、今度は脚の間にズキズキと疼くような痛みを感じた。

（わたし……レオンと、エッチしちゃった……んだよね？）

自分の身に起こったことを、記憶を探るようにしながら思い出していく。

きっと初めて飲んだ本格的なシャンパンのせいだ。そうでなければ、こんな衝動的に抱かれてしまうことなどあり得ない。

しかし、ほろ酔い気分だったとはいえ、二十四歳は子供ではない。

ホテルの部屋を訪れたとき、優美は酔ってなどいなかった。相手がレオンでなければもっと警戒しただろう。

もちろん、『庶民が珍しくて、だから話してみたかったってだけ』――それだけに違いない、と安直に考えていたことは否めない。

だが、称号を笠に着て命令されたわけでも、無理やり押し倒されたわけでもない。

優美自身も望んだことだ。

「だから……後悔なんてしてないわ」

自分で自分に言い聞かせるように、わざと声に出してみる。

だが、ジッとしていると『とんでもないことをしてしまった』という自己嫌悪が浮かんできてしまう。

やりきれない思いを振り切るように、時間を確認しようと辺りを見回した。すると、ベッド脇に置かれたコンソールテーブルに目を留める。大理石の天板の上には、陶器製の置時計があり、針は二十二時ちょうどを指していた。

同時にベッドルームにいるのは自分だけだとわかってしまう。

レオンはシャワーだろうか。それともリビングか。どちらにせよ、ベッドには優美が寝ていた場所以外に温もりは残っていない。

それは、レオンが優美だけを残して、さっさといなくなった証拠。

心細さに自分の身体をギュッと抱きしめる。彼女の身体は毛布に包《くる》まれていた。その下は……何も身につけていない。

ベッドから出るにはどうしたらいいのだろう？

軽くパニックに陥りそうになったとき、目の端に一着のスーツが映った。

ピンクベージュのスカートスーツ。それは間違いなく、彼女がこのホテルを訪れたときに着ていた服だ。膝丈のスカートがマーメイドラインになっていて、〝オフィス用〟ではなく〝ちょっとおしゃれ〟といったデザインで、今日のために姉の香奈が選んでくれた。

それが、ベッドのすぐ横に置かれた小さな衝立にかけられている。

さらには、コンソールテーブルの時計の横に畳んで置かれているのは……優美の下着ではないだろうか。

（柊木さんが持ってきてくれた、とか？　ま、まさか、レオンは話してしまったの!?）

優美は顔から火が出るほど恥ずかしい。

だが、この企画に落選すれば、きっともう二度と会うことのない人だろう。たとえ知られたとしても、たいした問題ではないのだ。

レオンがそう思って彼女に伝えてしまったのだとしたら、少し悲しかった。

バスルーム、トイレ、クローゼットと確認して、ベッドルームのどこにもレオンはいなかった。

優美は恐る恐るリビングへの扉を開く。

その瞬間、よく耳にしたことのあるピアノ曲が聞こえてきた。優美も好きな曲なのに、どうしても題名が思い浮かばない。

そして、優美がリビングに入るなり、音がやんだ。

小さめのグランドピアノの前に座るレオンの姿を見て、彼が弾いていたのだと知る。

「あ……お邪魔してしまって、ごめんなさい。頭脳明晰でスポーツ万能っていうのは報道されてますけど、ピアノまで弾けるなんて……初めて知りました」

チラリとこちらを見たレオンから伝わってきたのは、理由もわからないままに彼女を拒絶するオーラ。

びっくりして、優美のほうから視線を逸らせた。

「わたし、すっかり寝てしまって……起こしてくだされればよかったのに」

髪をかき上げながら、そんなことを口にする。

だが、レオンは何も答えてはくれない。

(どうして、黙ったままなの？　わたしが、気に入らなかったから？)

それ以上、一方的に話し続けることもできず、リビングの中は奇妙な沈黙に包まれる。

居た堪れない思いで部屋の隅に立ち尽くしていると、ふいにレオンが立ち上がった。

つかつかと優美の前まで歩み寄り、無言のまま何かを差し出す。

それは、彼女のバッグだった。

「あ、あの……」

「急な仕事で食事は一緒にできなくなった。下に車を用意させている」

勇気を出して顔を上げるが、彼女に降り注がれていたのは、冷たい水底を思わせる濃紺のまなざし。一瞬で心が凍りついたようになり、言葉が出てこない。

優美が身動きもできずにいると、強引にバッグを握らされた。

「出口はわかっているな。エレベーターはどこにも止まらず、一階まで降りられるようになっている。では、ごきげんよう」

疑いようのない悪意に、優美は唖然とするばかりだ。

ふたりに未来があるとは思っていない。だが、せめて優しい言葉と態度で、最後まで優美に幸せな気分を味わわせてくれると信じていた。

まさか、ここまで冷たい態度を取られるなど……想像できるはずもない。

冷酷なまでのレオンの背中をみつめ、優美は立ち尽くしたままだ。

すると、彼は振り返り、さらなる言葉で優美を貶《おとし》めた。

「ああ、言い忘れていた。バッグの中に車代を入れてある。キャンセルした食事代も上乗せしておいた」

最初は意味がわからなかったが、すぐに気づいてバッグを探る。

中には白い封筒が一通。

おそらくは、いくらかのお金が入っているのだろう。慌てて取り出し、レオンに突きつける。

「お返しします！」

「中を見てから決めたらどうだ？　だが、それ以上要求するなら、しかるべき手段を講じることに――」

「いらないって言ってるでしょう!?……あなたが、こんな人だとは思わなかった」

悔しさが込み上げてきて、優美はポツリと付け足した。

そんな彼女を見て、レオンはクッと笑ったのだ。

「そこまで徹底されると、ある意味感心する。私自身、悪役になった気分だ」

「レオン……いえ、レオニダス殿下のおっしゃる意味がわかりません。とにかく、これはお返しします」

封筒を手渡そうとするが、レオンは腕を組んだままでいる。

優美は彼に渡すことを諦め、少し離れたカウンターの上に置き、身を翻した。

だが、レオンはすぐに追いかけてきて、彼女の腕を摑むとバッグの中に封筒を押し込んだ。その強引さに驚きながら、優美はふたたび封筒を取り出そうとする。

「どうしてこんな……いらないって言ってるのに」

「それでは困るんだ!!」

突如、怒鳴りつけられ、優美の身体は小さく震えた。

「封筒には充分な額を入れておいた。これ以上、私を惑わすのはやめてくれ」

優美は口を開きかけるが、言葉が見つからない。

レオンはどうして、こんなに優美のことを悪く言うのだろう。パーティでワルツを踊ったときは、こんなふうではなかった。

奥歯にものが挟まったような口調になったのは、優美がこの部屋にやって来たときからだ。

あのときは、それを尋ねる前にキスされて舞い上がってしまった。

「惑わせてなんて、いません。ただ、王子様と夢のような時間を過ごした……そう思わせてください。これじゃ、あなたに身体を売ったみたいで……」

優美が唇を噛みしめたとき、レオンは信じられない言葉を口にした。

「何を今さら。私は最初からそのつもりだが」

「……!?」

目を見開き、レオンの顔を見た。

時折感じた蔑みの視線、そして辛辣な口調。その意味を知り、優美は愕然とする。

（わたし……初めから身体を売りにきたって、そう思われてたの？　そんな……そんなこと……）

あまりのことに身体の震えが止まらない。

何度も、何度も深呼吸して、それでも、涙が込み上げてくる。

「ユミ、残念ながら、涙の効果は一度きりだ。これ以上は一ドルも上乗せしない。泣いて困らせるようなら、不本意だが警備員を呼ぶことになる」

優美はグッと奥歯を噛みしめる。

そして、彼に摑まれたままの腕を力尽くで振り払った。

何か文句を言ってやりたいが、声を出すと泣き出してしまいそうだ。これ以上、ほんのわずかな弱みもレオンには見せたくない。

バッグに入れられた封筒はなんとしても返したいが、ここで押し問答になれば警備員を呼ばれることは間違いない。

そしてすべてが、金額をつり上げるための計画と思われるのだ。

（絶対に泣かない。余計なことは考えたらダメよ。今はただ、ここから逃げ出すことだけ考えなきゃ）

エントランスを早足で通り過ぎると、エレベーターまでの長い廊下を駆け抜ける。

刹那――背後からレオンの声が聞こえてきた。

「言い訳があるなら聞こう！　欲しかったのは金だけか？　それとも、プリンセスに選ばれたかったのか⁉」

エレベーターはすでに到着していて、扉も開いたままだ。

このまま乗るだけで、一階まで降りてくれるのだろう。

「ユミ――答えなさい。命令だ！」

エレベーターに駆け込もうとしたとき、肩を摑まれそうになる。

「触らないで！」

感情的な優美の声に驚いたのか、レオンは手を止める。

「わたしに……触ったら、悲鳴を上げます。王子様なら……な、何をしても、許されると思ってるんですか？　〝特別〟とか、〝愛し合う〟とか……高価なシャンパンまで用意して、殿下は……卑怯な方です」

優美は泣くまいとしながら、エレベーターに乗り込み、ボタンを押した。

「では、君に卑怯な思惑はなかったと言えるのか⁉」

「ありません！　わたしは……わたしは、ただ……」

目の前でエレベーターの扉が閉まり、ゆっくりと下に向かって動き出した。

レオンの顔が見えなくなったとたん、堪えきれずに涙が溢れてくる。ただ、会いたかった。遠くからでいい、本物のプリンス・レオンを見てみたかっただけだ。

（それだけ……だったのに）

嗚咽がエレベーターの中に広がり、優美は崩れるようにしゃがみ込む。

頭の中にレオンの弾いていた曲が流れてきて……『別れの曲』そんな題名を思い出していた。

第四章　プリンセスはわたし!?

最終選考会から一週間が過ぎた。

レオンは日本国内に滞在しながら、アディントン・コートには近づかずにいる。いや、正しくは、近づくことができなかった。

この一週間は眠ることもままならない。

目を瞑《つぶ》ると、閉じかけたエレベーターの扉の向こうに優美が立っているのだ。目に大粒の涙を浮かべ、懸命に歯を食い縛る姿が痛々しくて、レオンは自分が極悪人になった気分になる。

あの直後、フレデリックに再度確認した。

『名前？　そんなの聞いてないよ。顔も……写真は見せてもらったけど、覚えてないなぁ。だって、東洋人の顔は見分けがつかないんだ。おまえも同じだろ？』

二十八階で優美に声をかけたのも、ドレスで見分けたと言う。

あの白いドレスが、間違いなく優美を八番目の候補者だと示していた。

最初から優美のことを金で買うつもりだった、と言ったのは嘘だ。そんなことは考えてもいなかった。そもそもレオンは、身体を売る女とセックスしたことなど一度もない。

同じ階級に属する、一夜の恋が可能な相手を選ぶ。次の約束をしないことを前提に、お互いに楽しむだけだ。金品は贈り物であって、間違っても代価ではない。

だが、フレデリックの言葉が正しいなら、優美は客の好みに合わせた女を演じる娼婦も同然、となってしまう。

優美のことをフレデリックに聞いたあと、事実を確認しようと思ってトップスイートに招いた。

思わずキスしてしまったが、あの時点で最後まで抱くつもりは一切なかった。

優美がどこかのタイミングで、正直に自らの立場を告白してくれていたなら、あんな危険なゲームを続けたりはしなかっただろう。

彼女は最後まで〝清楚で可憐〟な芝居を続け、無垢な処女として振る舞った。

(フレデリックから聞いてなかったら……私は処女を崇《あが》めるように、彼女を抱いただろうな)

ベッドでのことを思い出すだけで、自嘲しか浮かばない。

ただ、気になることはある。前戯が充分でなかったのか、わずかだが出血していたようだ。それに、正直に白状するなら、避妊が充分であったと言い切れる自信がない。

(私はこれほどまでに愚か者だったのか？　自分で自分が信じられない)

出るのはため息ばかりだ。

正式オープンが近づいている。にもかかわらず、この一週間のレオンは、全くと言っていいほど仕事ができない。

少しでも思考に隙間ができれば、そこから優美のことを考え始めてしまう。慌てて自らを戒めるが、数分後には同じことの繰り返しだ。

しかもその症状は、一日一日酷くなる一方だった。

そして、優美に対するどうしようもない感情を持て余していたとき、支配人の安斎からアディントン・コートに呼び出されたのである。


「企画の件は、すべて任せておいたはずだが」

安斎を前にして、レオンはあからさまなほど不機嫌な態度を取った。

アディントン・コートで仕事をするとき、レオンはトップスイートのリビングを利用していた。彼にとっては気の休まるはずの空間が、今日ばかりはどちらを向いても優美の面影がちらつく。

全く集中できず、八つ当たりされる安斎もいい迷惑だろう。

今となってはこんな企画などどうでもいい。とてもではないが、優美以外の七人の中からプリンセスを選び、トップスイートに泊まらせてエスコートする気になどなれなかった。

オーナーの強権を発動して、取りやめにしようか、とすら思う。

あるいは……。

(いっそフレデリックに責任を押しつけるか。プリンスがエスコートをするなら、どの国であっても嘘にはならないはずだ)

だがフレデリックの場合、エスコートだけでは済まなくなる可能性が高い。後々、厄介なことが増えるのはごめんだ。

レオンは大きなため息をつくが……。

(人のことは言えないな。私自身、とんでもなく厄介なことになっているじゃないか)

思い出すだけで、頭が痛くなる。

すると、安斎は軽く首を左右に振った。

「いえ、企画の件ではございません。そちらのほうはすでにプリンセスを決定し、ドレスや装飾品等、準備の段階に入っております」

決まったのは二番目の候補者で二十歳の女子大生だった。父親は都庁に勤める公務員で、桁外れの資産があるわけではないが、旧華族の出身だと言う。フレデリックが最も強く推した候補者らしい。

フレデリックはレオンが八番目の候補者に手を出したことを知っている。

レオンらしからぬ行動に、必要以上にのめり込まないよう、先手を打ったつもりなのかもしれない。

余計なお世話と言いたいところだが、そう思わせた責任はレオンにあった。

「では、なんだ？」

「実は先日、わたくし宛てに書留が届きまして……開封したところ、『レオニダス殿下にお渡しください』と書かれた白い封筒が入っておりました——」

書留の差し出し人に心当たりはなく、確認したところ名前も住所も偽りだった。

当然、安斎は不審に思い、白い封筒を開封して中身を確認する。

そして、中に入っていたのは……。

「一万ドルの小切手で驚きました。経理に確認させたところ、殿下の振り出されたものに間違いない、とのこと」

中身など見なくても、その白い封筒を見た瞬間にわかった。

（ユミが送り返してきたのか？……なぜだ？）

トクントクンと鼓動が速まり、一秒ごとに息苦しくなる。

「それで、少々気になりましたことがありまして……。この書留が送られた郵便局ですが、八王子でした」

「八王子だから、なんだと言うんだ！」

レオンは自分の中に芽生えた疑問を持て余していた。

そんな彼に、安斎は無言で一枚のエントリー用紙を差し出す。丸で囲んだ七の数字、そして『春名優美、二十四歳』と書かれた文字が目に入り、レオンは息を呑んだ。

「この女性を覚えておられますか？　一週間前の最終選考会に参加された女性です。殿下が真っ先にダンスを申し込まれた女性です」

「もちろん覚えている。だが、彼女は八番目の候補者だ。この数字は間違っている」

自分にあやまちはないことを確認したくて、レオンは早口で言った。

だが、安斎の答えはレオンの愚かな期待を打ち砕いた。

「いえ、春名様は七番目の候補者です。実は……」

当初、候補者は六名だった。

その六名は、フレデリックが条件だけで選び出した。しかし、その顔ぶれにはあまりにも偏りがあったという。

一般家庭で育った、ごく普通の職業に就いている女性も候補者に入れたい。企画担当の者たちの希望で、七番目の候補者が決まった。

「それが春名様でした」

「そんなはずがない！　彼女は白いドレスを着ていた。あれは、フレデリックが捻じ込んできた八番目の候補者のために用意されたドレスだ!!」

「ああ、その件なら柊木から報告を受けております」

そう言って安斎が語った言葉に、レオンは愕然とする。

フレデリックが強引に参加させた八番目の候補者——塚田エリナが騒ぎ始め、優美の厚意でドレスを交換してもらったと言う。

エリナはレオンが最後にダンスを申し込んだ女性。気品あるペパーミントグリーンのドレスにふさわしくない下品さは、レオンに嫌悪感すら抱かせた。結局、二分足らずでダンスを切り上げたことを覚えている。

優美には幼い少女の件だけでなく、ドレスの件でも助けられた。

レオンは響子からそんなふうに聞いていたのだ。

当然、優美が与えられたドレスにクレームを言わなかったのだろう、と判断した。いや、思い込んだ。

「この春名様が八王子にお住まいなのです。先日の最終選考会ですが、終了後は早々にお帰りになられてしまって……。何かあったのではないか、と我々も気にしておりました」

「……」

思わせぶりな視線を向けられ、レオンは安斎から目を逸らす。

フレデリック以外に、優美がトップスイートから出てハイヤーで帰ったことを知っているのは、直属のＳＰくらいだ。

大使館から回された彼らが、民間人である安斎に話すとは思えない。しかし、送られてきた小切手と優美のことを結びつけ、ここ一週間のレオンの言動から考えれば……。

レオンと優美の間に、何かあったと思いつくことは想像に難くない。

「支配人――彼女の職業は、幼稚園の先生なのか？」

安斎はレオンが手にしたままのエントリー用紙にチラッと視線を向け、

「はい。そのように、そちらに書かれてありますが……それが何か？」

彼は探るように答えた。

「……いや、いい」

安斎のことはさておき、今は優美だ。

彼女の言葉は真実で、フレデリックから頼まれて〝清楚で可憐〟なフリをしたわけではなかった。

レオンが目にした、五歳の少女に向けた純粋な笑顔、あれは彼女の素顔だったのだ。にもかかわらず、さんざん疑って試した挙げ句、誤解したまま傷つけてしまった。

そのとき、レオンの頭の中にベッドで聞いた彼女の言葉が流れてくる。

『あなたは〝特別〟だから……。あなたに、すべてを、捧げたい』

背中に冷たいものを感じた。

優美が八番目の候補者ではなく、ただただレオンに惹かれてトップスイートまでやって来たのだとしたら……。

あの言葉も、シーツについた血痕も、別の意味を持つことになる。

何も気づかず、レオンはあろうことか『それは処女にふさわしい言葉だ』と揶揄するように言い、強引に純潔を奪ってしまった。

「――殿下、レオニダス殿下！」

安斎の緊迫した声に、レオンはハッと我に返る。

「お顔が真っ青です。ご気分が悪いようでしたらドクターを呼んで参りますが……？」

気分は最悪だ。

だが、どんな名医を呼んできたとしても、レオンの気分が改善されることはないだろう。

青褪《あおざ》めた顔をごまかすこともできず、レオンは安斎に声をかけた。

「いや、ドクターはいらない。その代わり、君に頼みたいことがある――」

☆　☆　☆

「ただいま……」

優美は自分で鍵を開け、小さな声で呟きながら玄関で靴を脱ぐ。

もう二十二時を回っている。最近は毎日この時間だ。優美の勤める幼稚園の定時は十八時なので、通勤時間の三十分を引いたとしても、けっこうな時間を残業している。

「おかえり、優美ちゃん。遅くまでご苦労様。でも、もうちょっと早く帰って来られないのかい？　若い娘がこんな時間まで……おばあちゃん心配だよ」

今年、喜寿を迎えた祖母の光子《みつこ》だった。

静かに入ってきたつもりだが、祖母は今夜も優美の帰りをジッと待っていてくれたらしい。十代の頃なら、『放っておいて！』と思っただろうが、今の彼女はそれほど幼くはなかった。

「おばあちゃん、ただいま。遅くなってごめんね。でも、幼稚園から家まで、けっこう明るいところばっかりだから、そんなに心配しないで」

「でもねぇ、優美ちゃん」

「そんなことより、何か食べるものある？　わたし、お腹空いちゃった。何もなかったら、コンビニまで行って来るけど」

祖母に文句を言うほど子供ではないが、黙って聞いていられるほど老成しているわけでもない。

説教が始まると長くなる祖母の話を逸らすため、優美は外出をちらつかせた。するとてきめん、祖母の意識はそっちに向いてくれる。

「馬鹿なことを言うんじゃないよ。こんな時間からまた買い物に行くなんて。おばあちゃんがサササッと作ってあげるから、優美ちゃんは着替えてきなさい」

上手くいったとばかりに、優美は笑顔で階段を上がり始める。

だが、途中でピタリと足を止め――。

「あ、お母さんと香奈ちゃんは？」

「江梨《えり》ちゃんはお風呂に入ってるよ。香奈ちゃんは二階にいるんじゃないかね」

祖母にとって、母の江梨子はひとり娘だった。

音大卒業後、公立中学校の音楽教師をしていた母は、今の優美と同じ二十四歳のときに同じ中学校の体育教師と結婚した。ふたりの娘に恵まれたが、上の娘が小学校に入学する直前、母は夫を病気で亡くしてしまう。

失意の中、母が三人目の妊娠に気づいたのは、葬儀も終わったあとのことだった。

結局、母は中学校を辞めて実家に戻り、三人目――優美を産んだ。

今も優美たちが住んでいるこの家は、大工だった祖父が建てたものだった。

自宅でピアノ教室をしていた祖母のため、教室用の部屋は、当時にしては最新の防音素材を使ってある。

母がピアノを専攻して音楽教師になったのは、当たり前だが祖母の影響だ。

実家に帰ってからは、祖母のピアノ教室を手伝いながら、娘たちの手が離れたのを見計らって、母は幼稚園や保育園の補助に入っていた。

三姉妹もごく自然な流れで、祖母と母からピアノを習った。

優美が小学生のとき、音楽発表会になれば必ずと言っていいほどピアノ伴奏に選ばれたものだ。姉たちも同じようなものだったが、結局、三人とも音大には進まなかった。

かろうじて、幼稚園教諭となった優美が、ピアノの腕を活かしているくらいだろうか。

「じゃあ、お母さんがお風呂から上がったら声かけてね。ご飯はそのあとでいいから」

祖母の「はい、はい」と言う声を聞きながら、優美は階段を早足で上がった。


アディントン・コートの最終選考会の日から、三週間が経つ。

レオンから強引に渡された小切手は、米ドルで一万ドルもの金額が書かれていた。

自分の身体に金額をつけられたこともショックだったが、プリンスという称号に隠された実態に、優美は打ちのめされてしまった。

（やっぱり、遠くで見ているだけにしてればよかった）

何もかも忘れて、なかったことにしたいほどだったが……。キスの記憶も、全身に残された愛撫の感覚も、そう簡単には消えてくれそうにない。

見た目は何も変わらないのに、優美は自分の中身が、すべて変わってしまった気がして悲しかった。

とにかく、早く忘れたい。

そんな思いで、小切手が入っていた白い封筒をそのまま書留用の封筒に入れ、アディントン・コートの支配人宛てに送り返した。

小切手がレオンの手に戻ろうが戻るまいがどっちでもいい。とにかく自分の手から離すことができたら、それでよかった。

パーティ会場では優しく手を取ってリードしてくれた。

あのワルツだけを思い出にアディントン・コートを引き揚げていたとしたら、きっとレオンは永遠に、優美にとって憧れの王子様のままであり続けただろう。

アディントン・コートから帰った翌日、手元にあった関連雑誌はすべて処分した。

家族はみんな驚いていたが……。

『最終選考会で見たプリンス・レオンって最悪だったの。百年の恋も醒《さ》めるってくらいに極悪。やっぱり、幼稚園の小さな王子様が一番だと思う』

祖母や母はそれ以上聞かなかったが、香奈は少し疑っていた。

『最悪、極悪の理由って何よ。プリンス・レオンが何をやったの？　まさか、王子様がセクハラなんてしないわよね？』

まさか——最高級のシャンパンを飲まされて、気づいたときにはバージンを捧げたあとでした。などと言えるはずもない。

（でも、香奈ちゃん、鋭いからなぁ）

黙っていても、いずれ探り当てられそうな気がしてならない。

優美は二階に上がると、香奈の部屋の前を警戒しながら、サッと通り抜ける。自分の部屋のドアを急いで開け、ホッとした瞬間、

「優美ちゃん、おかえりぃ。でも、ちょーっと遅過ぎない？」

ドアがギィーッと開き、香奈に声をかけられたのだった。

優美は小さくため息をつくと、笑顔で振り返った。

「ただいまぁ。遅くなったのは、明日が土曜参観だから。準備がいろいろあって大変なのよ。いつものことじゃない」

なるべく明るい声で答える。

普段なら、金曜の夜にここまで遅くなることはない。だが、明日は六月の最終土曜日。

以前は父の日の週に合わせて父の日参観があったのだが、母子家庭や事情のある家庭への

配慮として、優美の勤める園では最終週に土曜参観が行われていた。

特別な行事が近づくと、とても定時では終われない。遅くまで残るのが常だった。

「でも、先週？　いや、先々週だっけ……ずっとじゃない。あー正確に言えば、この間の最終選考会から戻ってから？」

香奈は母の前に入浴を済ませたのか、ラフな格好で濡れた髪をタオルで拭きながら廊下に出てきている。

香奈は優美のようなクセ毛ではなくストレートだ。アッシュブラウンに染めたショートボブは、クールで大人っぽい彼女によく似合う。少しぼんやりした優美とは正反対なタイプだ。

だが本人は、年齢以上に見られる雰囲気を払拭しようと試行錯誤を繰り返しているらしい。

「違うってば。ただ、行事続きだから……」

そう言って優美は自分の部屋に入った。

すると、香奈のほうも追いかけるように一緒に入ってくる。

「優美ちゃーん、正直に言いなさい。アディントン・コートで何があったのかな？　お姉ちゃんに話してごらん」

まるで幼稚園児にでも話しかけるようだ。

馬鹿にされた、と怒りたいところだが、昔からこんな感じなので今さらだろう。

「だから、プリンス・レオンに幻滅しただけ。例外なく、世の中の男ってろくでもないんだって知ったの。それだけだって」

麻のジャケットをハンガーにかけながら答える。

「ふーん。じゃあさ……プリンス・レオンはちゃんと避妊してくれた？」

ハンガーが手から滑り、ガタンガタンと大きな音を立てて、あちこちにぶつかりながら絨毯の上に落ちた。

「冗談じゃ済まないくらいの動揺っぷりだね、優美ちゃん。――私もびっくりした」

「違うって！　香奈ちゃんが変なこと言うからじゃない。やめてよね。間違っても、おばあちゃんやお母さんの前で、そんな冗談言わないでよ！」

優美は慌てて言う。

「うーん、でもね。帰ってくるなりお風呂に飛び込むってパターン、自分が初体験のときと同じだから……」

香奈のしんみりした言い様にドキッとする。

（う……やっぱり、ばれてる？　もう、白状したほうがいいのかな？　そのほうが楽になれる？）

心の針が〝告白する〟のほうに向きかけたとき、

「まあ、あんたと違って高校生のときだけどね」

そのひと言にカチンときた。

「か、勝手に決めないでよ！　わたしだって、高校……いや、大学のときに済ませたんだから」

「……見栄っ張り」

ボソッと言われ、優美は落としたジャケットとハンガーを拾ったあと、香奈の背中を強く押した。

「とにかく、香奈ちゃんには関係ないんだから、出て行って」

「ちょっと、優美。本当に身に覚えがあるんなら、万一のときはとんでもないことになるのよ。その辺、ちゃんとわかってる？」

「わか……だから違うって！」

思わず『わかってる』と言いかけてしまう。

優美は急いで訂正し、香奈を廊下に押し出してドアを閉めた。

香奈の言うことはわかる。だが、何も考えたくなかった。少しでも思い出すだけで胸が苦しくなる。自然に涙が込み上げてきて、頭が痛くなるまで泣いてしまう。

今はただ、ひたすら仕事をしていたかった。

土曜参観日の当日――。

登園が始まった直後、一本の電話により、優美の置かれた状況が一変する。

「……は？　あの、園長……今、なんとおっしゃいました？」

手の離せなかった優美に代わって電話を受けてくれた、さくら幼稚園の園長、立原《たちはら》は満面の笑みを浮かべて繰り返した。

「ですから、たった今、電話があったんですよ！　優美先生がアディントン・コートのプリンセスに決まったんですって!!」

五十代、小柄でふくよかな立原園長は子供たちからは祖母のように慕われている。温かくて情にもろい上、優美に輪をかけてぼんやりしており、何ごとも額面どおりに受け取ってしまう性質だ。

〝あなたもプリンセス！〟の企画に応募したことは、書類選考を通過したときに報告してある。

第一次選考用の動画を、園児も一緒に園内で撮影させてもらったためだ。あの時点では記念のつもりで、まさか通過するとは思わなかった。だが最終選考に残ったとき、プリンセスに選ばれた際は辞退不可と聞かされた。

その場合、丸一週間は仕事を休まなくてはならない。

まさか選ばれるはずはないが念のため、と園長には電話がかかってくる可能性を報告してあったのだった。

優美自身がよく理解できず、呆然とする中、立原園長はボールが転がるように園庭に飛び出していく。

「皆さーん、とっても素敵な報告があります。優美先生が、都内にオープンするホテルのプリンセスに選ばれました！」

園庭は園児たちと付き添いの母親たちでいっぱいだ。

その中で大々的に言い放ったのだから、それはもう大騒ぎになる。

立原園長の報告に母親たちは、「プリンス・レオンの……」「アディントン・コートでしょ」とキャーキャー声を上げ始めた。

一方園児たちは、詳細はともかく、優美先生にすごいことが起こった、とだけ理解したらしい。これまた、キャーキャーとはしゃぎ回っている。

同僚たちは驚きを隠せない様子で、それでも口々に「おめでとう、優美先生！」と言ってくれた。

「フォルミナ共和国大使館の車が、プリンセス・ユミをお迎えに参ります――ですって！」

立原園長の言葉に、優美は目を見開いた。

「それって、幼稚園に、ですか？　どうして、そんなことに……」

選ばれたときは、自宅までリムジンで迎えに来る、そんな説明だったはずだ。

「ああ、ほら、ご自宅に電話したんですってよ。そうしたら、土曜参観で出勤していると言われて、園のほうにお迎えに上がってもよろしいでしょうかって聞かれたの。もちろん、OKですよ」

立原園長が何か言うたび、キャーと声が上がる。

蜂の巣をつついたような園内だったが、その中で一番冷めていたのは優美だった。

自分が選ばれるはずがない。レオンは優美のことを、金で身体を売る女だと最初から思っていたのだ。その上で、一万ドルもの大金を払って買った。

そして自分の望むものを手に入れるなり、冷酷なまでに彼女を放り出した。

(そんなレオンが、わたしをプリンセスに選ぶはずがない。これは何かの間違いよ。そうに決まってる)

二時間後――。

さくら幼稚園の正門前に黒塗りのリムジンが横づけされた。降りてきたのはアディントン・コートの支配人、安斎。

彼は礼儀正しく立原園長に挨拶をしたあと、優美に対して恭しく頭を下げた。

「春名様、レオニダス・クリストファー・フォルミオン殿下のご命令により、お迎えに上がりました」

フォルミナ共和国の国旗が掲げられたリムジン、安斎の顔にも見覚えがある。これは間違いなく現実なのだと思った瞬間、優美の頭は思考停止してしまった。

立原園長をはじめとした同僚たち、土曜参観のために訪れた多数の保護者と園児たち、果ては近隣住民まで……。

大勢に見送られ、優美は放心状態のままリムジンに乗り込む。

「ゆみせんせー、いってらっしゃーい!!」

園児たちの大合唱にハッと我に返り、

「う、うん……いってくるね」

引き攣った笑顔で手を振る優美だった。

☆　☆　☆

またこのホテルを訪れる日がくるとは、思ってもみなかった。

それも、レオンに追い払われ、泣きながら立ち去った夜からたった三週間程度で……。

最終候補者のときは電車に乗ってやって来たが、プリンセスに選ばれたあとではさすがに扱いが違う。支配人直々のお迎えを受けて、ホテル前までリムジンで乗りつけるなど、一生に一度のことだろう。

入り口にマスコミが殺到していたらどうしよう、と思っていたが、杞憂に終わった。

「あとで記者会見を行う旨、通達済みです。あくまで企画ですので、そう硬くならないでください」

安斎は柔らかな笑みを浮かべて言う。

彼の顔を見ていると、自分が架空の名義で『アディントン・コート支配人、安斎様』宛てに、小切手を送り返したことを思い出した。

(気づいて、ない……よね？)

エレベーターに向かいながら、優美は探るように彼の顔をみつめる。

すると、

「但し、春名様が本物のプリンセスになられるなら……それはもう、日本中が先ほどの幼稚園のような騒ぎになるでしょうね」

ふいに立ち止まり、優美のほうを見て言ったのだ。

(気づかれてるっ⁉)

尋ねてみようか、と思うが、口にすれば『小切手を送ったのは自分です』と白状するようなものだ。

優美が迷っているうちに、エレベーターで三十階まで上がり、軽やかな電子音とともに扉が左右に開いた。

そして優美がエレベーターから降りた瞬間、割れんばかりの拍手に包まれる。

びっくりして左右を見回すと、レセプションフロアにはホテルのスタッフたちが勢揃いしていた。

その中のひとりが、ピンクの薔薇とかすみ草の花束を手に、優美の前に歩み寄る。

見たことがあると思った直後、彼女の名札が目に飛び込んできた。

「おめでとうございます、春名様。いえ、殿下――本日より一週間、そう呼ばせていただくことになります。わたくし――柊木が殿下の担当に決まりました。なんなりとお申しつけくださいませ」

優美に花束を手渡したあと、美しい姿勢のまま柊木響子は静々と頭を下げる。

最終選考会のとき、候補者の世話係をしていた女性だった。

「あ、はあ……よろしくお願いします。あの、柊木さん……最終選考会では、いろいろとお世話になりました。それで、あの、殿下はちょっと……」

いくらなんでも『殿下』はないだろう。企画なので人目があるときは仕方がないにしても、誰も見ていないときに呼ばれるのはちょっと……いや、かなり恥ずかしい。

優美が心の底から困った顔で訴えると、響子も苦笑した。

「一応、そうお呼びする決まりになっているのです」

「そう……ですか」

　優美が小さなため息とつくと、

「ただ、殿下のご命令には従わざるを得ません。取材のときや注目が集まっているとき以外は『優美様』と呼ばせていただいてもよろしいでしょうか？　それから、わたくしをはじめスタッフのことは呼び捨てでお願いいたします」

　響子の妥協案にホッと胸を撫で下ろした。

「はい、ありがとうございます。あの、じゃあ、わたしもそれ以外のときは『柊木さん』でいいですか？」

　響子はにっこりと笑ってうなずいてくれたのだった。

　優美の緊張がしだいにほどけていき……直後、カッカッと革靴の音が聞こえた。同時にスタッフの視線が一斉にそちらを向く。

　レオンがやって来たのだ、とすぐにわかった。

　だが、優美はとっさに振り返ることができず……。

「ご苦労だった、支配人。——ようこそ、プリンセス・ユミ。君に再会できて、非常に嬉しく思っている」

　彼の言葉を聞き終わってから、優美はゆっくりと彼のほうを向いた。

「仕事中だったと聞いた。中断させて申し訳ない」

「いえ……わたしが選ばれるとは思っていませんでした。その……びっくりしていて、なんと言ったらいいのか」

だが、どうしてもレオンの目を見ることができない。

最後に向けられた侮蔑に満ちたまなざしを思い出し、気を抜くと泣き出してしまいそうだ。

「いや、プリンセスは君しかいないと思っていた」

彼の返事を聞いた瞬間、カッと頭に血が上った。

そんなわけがない。優美のことを『プリンセスは君しかいない』と思っていたなら、あんな真似はしなかったはずだ。

(ダ、ダメよ……こんな大勢がいる場所で怒ったり、喚《わめ》いたりしたら、変に思われる。泣くのもダメ……でも、なんか悔しい)

「それは……どうも」

優美はたくさんの言葉を呑み込みつつ、短く答えた。本当は浮かれた声で『ありがとうございます』と言うべきなのだろう。

だが、どうしても言えなかった。

そんな彼女の態度を不満に思ったのか、レオンは咳払いをひとつして話を変えた。

「今日から一週間、トップスイートのゲストルームが君の部屋になる。早速で申し訳ないが、夕方から行われるフォルミナ共和国大使館の友好パーティに、私と一緒に出席してもらいたい」

「え？　でも……わたし、何も持ってきてないんですが」

優美は驚いて顔を上げた。

そのとき、再会して初めてレオンと視線が合った。青い瞳が優美のことを見下ろしている。それは思いもよらないほど、愛おしい者をみつめるまなざしだ。

胸がトクンと高鳴り、三週間前のことが嘘のように思えてくる。

何もかもリセットして、パーティ会場で出会った瞬間に戻れたなら……。そう思うだけで、優美は胸の奥がギュッと締めつけられた。

直後、レオンが一歩、彼女に近づいた。

優美はビクッとして反射的に一歩後ずさる。

彼女の動作はレオンに伝染した。衝撃を受けたように足を止め、レオンは二歩目を踏み出さずにいる。それどころか、逆に元の位置に下がったのだ。

スタッフの間にざわめきが起こり、レオンと優美を中心に、波紋のように広がっていく。

「その点は心配しなくていい。ドレスや装飾品だけでなく、日用品もすべてこちらで用意させていただく。キョウコ、準備は整っているね」

レオンの表情から動揺が消え、穏やかな声で響子に尋ねた。

「はい、殿下」

彼女の即答にレオンは満足そうにうなずく。

「足りないものがあれば、彼女に言えばいい。優秀なコンシェルジュだ。君の希望はすべて叶えてくれるだろう」

「優美様にご満足いただけますよう、全力で務めさせていただきます」

レオンは響子をファーストネームで呼び、大きな信頼を口にしている。

そんなふたりの姿を見たとき、優美の胸はチクリと痛んだ。

間違っても彼女のことを、娼婦のように扱ったりはしないだろう。それは優美にとって、悔しくて堪らないことだった。

（こういう女性が好きなら、彼女を口説けばいいじゃない。それとも……もう口説いてる、とか？）

テキパキしていて、見るからに仕事のできる女性。

響子の第一印象はそんな感じだった。今日で会うのは二度目だが、優美とは真逆の女性に思える。違うのは見た目だけではない。決断力がなく、気がついたら流されている自分とは中身のほうも大違いだろう。

（ああ、だから……かな。わたしみたいな女だから、ちょっと耳触りのいい言葉を口にし

たら、簡単に抱けるって思われたんだ）

実際のところ、出会ったその日に抱かれてしまったのだから、〝簡単に抱ける〟と言われても否定できない。

そう考えると、何もかもが自分の責任のように思えてくる。

優美の心が卑屈な考えでいっぱいになったとき——レオンが彼女に向かって、手を差し出していた。

「私の最初の役目が、トップスイートまで君をエスコートすることなんだが……いいかな？」

とっさに、首を横に振りそうになった。

いいはずがないだろう。またレオンの手を取るなど、この間のことを考えれば愚の骨頂だ。

しかし、選ばれた以上は逃げ出すわけにはいかない。

優美はふたたび彼から視線を逸らしつつ、左手で彼の指先をそっと摑んだ。

ゲストルームに着いたところで、レオンはいなくなるのだろう、と思っていた。

ところが、最終チェックを済ませるまでの間、レオンと一緒にリビングで寛《くつろ》いでいてほしいと言われてしまう。

たかがそれだけのことを断るのは変だろう。

それにこれから一週間、彼のエスコートを受け入れなくてはならないのだ。少しは慣れておく必要がある。

（大丈夫よ……ゲストルームはすぐ横なんだし、ふたりきりじゃないんだし……それに、お酒は絶対に飲まないし）

その思いは、リビングに足を踏み入れた瞬間に消えた。

そこはふたりでシャンパンを飲み、何度もキスを交わして、優美が裸同然の格好にされた場所。

思い出すだけで頬が火照ってくる。

あのとき、レオンは優美の素肌にシャンパンを垂らしていた。見るからに高価そうなアンティークのソファや、床に敷かれたペルシャ絨毯に染みをつけたのではないか、と恐る恐る近づく。

「ユミ……話しておきたいことがある」

「……!?」

すぐ隣にレオンが立っていたことに気づき、とっさに離れようとする。だが、腕を掴まれて引き止められた。

「待ちなさい。慌てて逃げなくても、君を襲ったりはしない。……わかっていると思うが、三週間前のことだ」

心の中で『キタ！』と思った。

だが、声には出せず、ひたすら縮こまっていることくらいしかできない。

「まず、支配人から小切手を受け取った。これ以上、押しつけるつもりはない。ただ、釈明させてほしい。私は——」

「わたし、この部屋にきたのは初めてです！」

無礼を承知でレオンの言葉を遮った。

「そ、それから、シャンパンは……いえ、お酒はお断りさせていただきます。必要以上に、レオ……ニダス殿下に近づくつもりはありません。だから、殿下も必要のないときは触れないでください！」

ひと息に言うなり、彼の手を振り払った。

レオンは怒るかもしれない。だが、最初にきっぱり言っておかなくては、またフラフラと言いなりになってしまいそうだ。

瀟洒なリビングに息苦しいほどの沈黙が流れる中、優美はただただ唇を噛みしめた。

「——わかった」

レオンは深い吐息とともに答える。

「わかったから、そんな泣きそうな顔はしないでくれ。ただ、話だけは聞いてほしい」

「聞きたくないです！」

優美の即答にレオンは息を呑む。

「わたし……柊木さんに聞きたいことがあるので、失礼します」

勢いよく頭を下げ、彼に背を向けた。そのままトップスイートのエントランスに戻り、ゲストルームの扉をそっと押し開く。

そのとき――。

『ゲストルームだ』

『バスルームもクローゼットもあるよ。泊まって行くかい？』

すぐ後ろで聞こえた彼のささやきが、優美の脳裏に一瞬で甦《よみがえ》る。

（やだ……もう、思い出したら、泣いちゃいそう）

クッと唇を噛みしめたとき、女性スタッフの話し声が聞こえてきた。

「あら、これ、違うじゃない。円城寺《えんじょうじ》様のために用意した服が混ざってるわ」

「ホントだ。響子さんに叱られちゃう。円城寺様って小柄だから、ほとんど特注だったのに……もったいないわ」

「しょうがないわよ。円城寺様に決定して、かなり進んでいた話をレオニダス殿下がひっくり返したんですもの」

円城寺という名前には聞き覚えがあった。

最終選考会で顔を合わせた候補者の中に、円城寺清香《さやか》という女性がいた。雅やかな名前とは反対に、かなりはしゃいだ感じの現代風の女性だった。響子に年齢を聞いたところ、二十歳の女子大生と教えてもらい納得したことを思い出す。

一六五センチの優美が余裕で見下ろすくらいに小柄で、一五〇センチを超えるかどうか、といった辺りで身体も細かった。

塚田エリナは最初、清香のシャンパンゴールドのドレスを注視していた。だが、完全にサイズが合いそうになかったため、優美に矛先を変えたのだ。

（こ、これって……円城寺さんに決まってたのに、レオンがひっくり返したってこと？）

優美はドキドキが静まらない。

「旧華族のご令嬢だったんでしょう？　本物のプリンセス候補だったって話、本当かしら？」

「中身は普通の女子大生だったけどね」

「普通って言うなら、春名様も普通だと思うんだけど……でも、なんだか妙な雰囲気じゃなかった？」

自分の名前が出てきて、さらには微妙な空気まで読まれてしまい……。優美はゲストルームに入れなくなる。

そのとき、優美の背後に誰かが立った。

「さあ、優美様、そろそろ確認も終わっているはずです。どうぞ、遠慮なさらずにお入りください」

響子はそんなことを言いながら、つかつかとゲストルームに入っていく。

目の前で一気に扉が開かれた。入り口に立つ優美の姿が、中にいた女性スタッフたちの目に映る。

彼女たちは虚をつかれたような顔をしたが、すぐに職務を思い出したらしい。

手をお腹の前辺りに置き、微笑みを浮かべてゆっくりとお辞儀をする。

「お待たせいたしました。こちらには優美様がご自身でお着替えになられる普段着、室内着、下着等をご用意しております。日常のメイクには普段お使いの品と同じブランドを揃えましたが、色の違いなどがありましたら、お申しつけくださいませ」

そう説明してくれたスタッフの手にはキャミソールらしきものが数枚……。

響子も気づいたようだ。

「不足分は優美様がお出かけの際に手配しておくように。お手をわずらわせてはいけませんよ」

「は、はい。申し訳ありません」

ふたりはミスを指摘され、合唱するように謝罪する。

すると、響子からそっと声をかけられた。

「優美様、スタッフの労を〝プリンセスらしく〟ねぎらっていただけますでしょうか?」

(ありがとう、でいいのかな? ちょっと違うような……)

なんと言うべきか迷っていたとき、レオンが安斎にかけた言葉を思い出した。

「えっと……ご苦労様でした……?」

最後は少しだけ疑問符になる。

響子がニッコリ笑ってOKのサインをしてくれ、ホッとする優美だった。


「申し訳ありません」

「ありがとうございます」

優美はゲストルームで響子とふたりきりになり――ふたり同時に頭を下げていた。

顔を見合わせて、思わず吹き出してしまう。

だが、響子はすぐに真顔になり、

「お礼なんてとんでもありません。余計なことをお耳に入れてしまい、本当に申し訳ございません。今後は、スタッフの私語厳禁を徹底させたいと思います」

心から申し訳なさそうに頭を下げる。

とはいえ、お客様の前でおしゃべりに夢中なのは論外だが、それ以外の人目につかない場所では、一流ホテルのスタッフといえども私語をゼロにするのは無理だろう。

ただ、今回そのおかげで耳にしたことは、優美にとって相当なショックだった。

「いえ、それより、他の方がプリンセスに決まっていたというのは……本当ですか？」

知ってしまえば、気にならないはずがない。

しかも、『かなり進んでいた話をレオニダス殿下がひっくり返した』と聞けば、なおさらのこと。

「それは……その、この企画の責任者がフレデリック殿下なのです。そのため、当初はすべてを任せておられました。プリンセスに円城寺様を選んだのも、フレデリック殿下でございます。ところが……」

最終選考会で優美の着るはずだったドレスが、ペパーミントグリーンのドレスだと知るなり、レオンの態度が一変したという。

「プリンセスを変更する、とおっしゃられまして……」

「じゃあドレスとか、それ以外の洋服もすべて発注したあとで、と言うことですか？」

響子は深くうなずく。

だが、一番の問題は別のところにあったと言う。

「実は……フレデリック殿下が事前にお知らせしてしまったのです。円城寺様の関係者の方に、プリンセスに決まった、と」

フレデリックに悪気はなく、企画がスムーズにいくよう気を配ったのだろう。正式の通達ではないが、情報が漏れてしまった以上、変更は責任問題になる。オープニングイベントに不手際があったとなれば、イメージアップのための企画がイメージダウンになってしまう。ここは穏便に済ませたほうが……等々。

企画担当者や支配人は、言葉を尽くしてレオンを説得しようとした。

だが、

『不手際があったと言うなら、企画は白紙に戻す。予定どおり進めるなら、ミス・ユミ・ハルナがプリンセスだ』

彼は一歩も譲らず、そう宣言したと言う。

「たしかに、かなり意気投合なさっておられましたもの。会場でワルツを踊られるご様子を拝見して、密かにお似合いだと思っておりました。でも、あのあと、何かございましたか？　今日はあまりにもお言葉が少なくて、驚いております」

響子の言葉に優美はアタフタしてしまう。

「えっと……ダンスのときは、とても親切にしていただいて。でも、あのあと、チラッと顔を合わせて……すごく冷たい態度を取られたんです。だから、わたしが選ばれることはないなって思ってました」

どこで『チラッと』会ったのか、どんな『冷たい態度』を取られたのか、細かい部分まで聞かれたら矛盾なく答える自信はない。

（これ以上、突っ込まれませんように）

優美は心の中で手を合わせていた。

その願いが伝わったのかどうかはわからないが、響子は納得した様子で独り言のように呟き始める。

「そうなんですよねぇ。殿下は誰と接しても心をお開きにならないと言うか……冷たく思えますよねぇ」

「でも、柊木さんのことは特別に信頼されてるみたい」

「まあ！　そんなことはありませんわ」

響子はびっくりしたのか目をパチパチしている。

「ファーストネームで呼び捨てになさってるから、その……特別にご親密なのかなって」

「ああ、あれにはわたくしも驚きました。最初は『ミス・ヒイラギ』と呼ばれていて、呼び捨てでけっこうです、とお伝えしたら……いきなり名前だったので」

そのときのことを思い出したのか、彼女はクスクスと笑い始めた。

そう言えば、外国の映画ではたいがいファーストネームで呼び合っている。『キャシー』とか『メアリー』とか、カタカナの名前だと普通に感じるのに、『ユミ』や『キョウコ』という名前が男性の口から出たら、特別に感じるのはなぜだろう。

「それは、びっくりしますよね。普通、苗字で呼び捨てって思いますもんね」

優美もしみじみ納得してしまう。

「でも、名前で呼び捨てにされたとき以上の驚きでした。優美様に〝ポールダンスの名手〟と言われて、てっきりお怒りになられるのかと思えば、大爆笑されたのは」

思い出すのも恥ずかしい失敗談だ。

(あのときのレオンは、本当に優しかったのに。……あーもう、ダメだってば！　どうせ、わたしをベッドに引っ張り込むための手段だったんだから)

黙り込む優美の顔を、響子はジッとみつめながら続ける。

「イベントのためのプリンセス選びですのに、優美様をご覧になる殿下から、まるで本物の妃殿下を選ぶような真剣さを感じました」

そのあまりに真摯な言葉は、閉じた優美の心を強く揺さぶった。

第五章　恋のリセットはできますか？

パーティはフォルミナ共和国大使館の大使公邸で行われた。

日本とフォルミナの友好関係に寄与した人々に勲章を授与するパーティで、そのプレゼンテーターを担ったのがレオンだった。

招待客は約三百人。立食形式で、乾杯と授与式のあとはそれぞれ自由に動いている。

勲章授与と言ってもそれほど格式の高いものではないらしく、準礼装から略礼装の間くらいの服装だった。さすがに授与された人たちはタキシードを着ているが、招待客の中には普通のスーツとしか思えない人もいる。

女性の数は圧倒的に少なく、五十人弱といった辺りか。服装も和装からパンツスーツまで様々だ。

優美はレオンのブラックタイに合わせて、黒のイブニングドレスを着ていた。オフショルダーのマーメイドライン、身体のラインがくっきり出るデザインだ。少々恥ずかしいが、最終選考会のときのドレスとは肌触りが全く違う。

(なるほどね……あの塚田さんがドレスを取り替えてほしいって言うはずだわ)

モデルの彼女は、上質なドレスと廉価品では着心地が全く違うことを知っていたのだ。

今夜はヘアスタイルも先日よりグッと大人っぽく纏めてあった。あちこちにかけられた鏡に映る自分の姿を見るたび、優美は不思議な気持ちになる。

(今日の午前中まで、Tシャツにエプロン姿で幼稚園にいたのに……夜には王子様のエスコートで大使館のパーティ……あり得ない)

そう思った瞬間、鏡に映った優美の後方に立つレオンの姿を見つけた。

彼はジッとこちらを見ている。鏡越しに視線が絡み……ふたりはしばらくの間みつめ合っていた。深い藍色のまなざしが、優美の肢体をなぞっている。熱を孕《はら》んだその瞳は、彼が優美の躰に残した熾火《おきび》を煽り立てた。

それでも、レオンは彼女に近づいてはこなかった。『必要のないときは触れないでください』という優美の願いに、『わかった』と答えたせいだろう。

優美は彼の視線に耐えられなくなり、スッと視線を逸らせてパウダールームに駆け込んだのだった。

パウダールームを出て、ライトアップされた美しい庭園を歩くうちに、優美は裏庭まで入り込んでしまった。

大使館の敷地内に建てられた大使公邸は、百年近く前の昭和初期の建物らしい。

今から約五十年前、当時のフォルミナ王国が大使館として利用するため、この一帯を建物ごと買い取った。数年ごとに建て直しが検討されているが、趣《おもむき》のある建物を壊すのは忍びないという意見が多く、結局、リフォームして使い続けているという。

庭園同様、ライトアップされた蔦《つた》の絡まる洋館を見上げながら、優美はレオンの視線を思い出していた。

(どうして、あんな目で見るの？　それに、企画の中止と引き換えにしてまで、わたしをプリンセスに、なんて)

三週間前のことを、きちんと話し合ったほうがよかったのだろうか？

だが、話し合ったとしても、どうなるものでもない。レオンが代金を払うつもりで、優美を抱いた事実は消えないのだ。謝罪を受け入れるかどうか、その程度の差だろう。

(プリンセスに選んでくれたことが、謝罪の代わり……とか？)

優美が大きなため息をついたとき、背後から足音が聞こえた。

レオンに違いない。そう思って振り向いた彼女の目に映ったのは、見たこともない男だった。一瞬で優美の身体に緊張が走る。

「どうもー、プリンセス」

ブラックスーツを着ているが、ずいぶん軽い口調だ。

優美はどんな返事をすればいいのか戸惑う。

「幼稚園の先生なんだって？　聞いたよ、どっかのお嬢様に決まりそうだったのを、プリンス・レオンのごり押しで、おたくになったって」

あまりにも核心をついた質問に、優美は口を開くこともできない。

彼女がうつむいてその場から逃げようとすると、ふいに肘の辺りを掴まれた。

「最終選考会でプリンスの目に留まったそうじゃない。ダンスしながらイチャイチャしてたんだって？　ひょっとして……もう寝ちゃった？」

優美は全身がカッと熱くなる。

男性は苦手だ。幼稚園、小学生のころはそうでもなかったが、中学、高校と女子校で学ぶうちに、日常的に男子と会話することがなくなり、距離が取りづらくなった。

そして思春期を過ぎたころから、すれ違う男子たちの優美を見る目が変わる。

学校が違うという気安さもあるのだろう。彼女の豊かなバストをいやらしい言葉でからかい、それを褒め言葉のように言い始めた。キッパリ拒絶すれば、腕力で迫ってきたり、大声を上げて恫喝《どうかつ》したりする者までいた。

それが大学まで続き、卒業するころには男性に対して期待するのはやめてしまったくらいだ。

今は女性ばかりの職場で、たまに話をするのは幼稚園の行事に熱心な園児のパパくらい。自分から積極的に動かなければ、近づいてくる男性もいない。

そんな優美にとって、初めて自分から近づいた男性がレオンだった。

(近づいたって言うか……応募しただけだから、近づくはずないって思ってたのに。なんで、こんな男まで近づいてくるのっ⁉　大使館のパーティに変なの入れないでよ！)

声にできない分、優美は心の中で悪態をついた。

そんな彼女を、男は腕を摑んだままジロジロと見ている。

大使館の中にいると言うことは、身元ははっきりしているのだろう。しかし、優美の胸元に向ける視線からは好色さしか感じられない。さらには窮屈そうに顔を歪め、ネクタイを緩める仕草がどこか暴力的で……。

腕を摑まれたままなので、余計にそう感じるのかもしれない。

「手を……放してください」

ようやく口にするが、そんな優美を男は鼻で笑った。

「そう邪険にしないでよ。一週間は邪魔しないからさ。その代わり、プリンス・レオンのベッドでの様子をチラッと教えてほしいんだ」

男の要求に目を見開いた。

称号だけで実権はないに等しいとはいえ、一国の王子を相手に何をたくらんでいるのだろう。

第一、優美はホテルの企画でプリンセスに選ばれたため、顔だけでなく、本名や職業も明かされてしまっている。レオンのスキャンダルを暴露すると言うことは、自分のことを晒すも同然だ。下手をすれば幼稚園をクビになってしまうかもしれない。

「もちろん、タダとは言わない。君もソッコーで有名になれるんだぜ。だから、スマホとかでさ、ちょこっと動画……写真でもいいや、撮ってきてくれたら金額も跳ね上がるんだけどなぁ」

とんでもないことを言い続ける男の手を、優美は力尽くで振り払おうとする。だが、女の力ではビクともしない。

その腕力差に優美は愕然とした。

そして、ふいに昼間のことが頭に浮かんだ。レオンに摑まれたとき、簡単に振りほどくことができたのは……。

（あれって……レオンのほうから、手を放してくれたってこと？）

こんな目に遭って初めて、レオンの心配りを知った。同時に、か弱い女性に一切の配慮を示さない、目の前にいる男が恐ろしくなる。

優美の気配を察したのか、男はヌッと顔を近づけてきた。

「断ってもいいけどさ、だったら顔写真入りで載っちゃうよ。プリンスを色仕掛けでたらし込んだ幼稚園のセンセ、とか」

優美が動けずにいると、男は一枚の名刺を彼女の目の前でひらひらさせる。名前は読み取れなかったが、〝フリーライター〟の文字は読めた。

「写真撮ったら連絡しろよ。他に流しやがったら、ただじゃすまないからな」

これまでのチャラチャラした声が一変する。低い声で凄まれ、優美は恐怖で固まってしまう。

そんな彼女をせせら笑いながら、フリーライターの男は彼女の胸元に名刺を押し込もうとした。

そのとき——横から出てきた手に腕を掴まれ、一気に捻り上げられる。

「うわっ……くそっ、誰だよ、放せ」

悪態をつきながら横を向く。

だが相手の顔を見た瞬間、男は愕然として頬を強張らせた。

「ブラックスーツを着込んだネズミが一匹、大使館に紛れ込んでいたようだ」

そこにはレオンが立っていた。

ライトアップの光が彼の髪を照らし、後光が射して見える。

「い、いや、いえ……あの、彼女から誘われたんです。ひとりで退屈だから、ちょっと人の来ないとこで話そうって言われて……やっぱり、ほら、プリンス相手じゃ肩の力が抜けないって言うか……そうだろ？」

男はレオンに向かって愛想笑いをしつつ、優美のことをジロリと睨《にら》んだ。

その目は、余計なことを言ったら『プリンスを色仕掛けで……』といった内容の記事を書く、と無言で脅していた。

優美は青褪めたまま、黙り込むことしかできない。

レオンはきっと男の言葉を信じるだろう。もともと、優美のことをお金で身体を売るような女だと思っている。また、三週間前のような冷酷なまなざしを向けられたら……そう思うだけで膝が震えた。

ところが、レオンはいきなり男のジャケットを探り始め、内ポケットに手を突っ込んだのだ。

「なっ……何すんだ、いや、何をするんです!?」

抗議の声を上げるが、レオンの手が止まった直後、男は口を閉じた。

レオンの手に何かが握られている。ペンライトのような形をしており、レオンがカチカチと操作すると、先ほどの会話が流れ始めた。

ただ会話と言っても、男が優美に脅迫めいたセリフを言っているだけにすぎない。

『──ただじゃすまないからな』

そう凄んだところでレオンがカチッとストップボタンを押した。

「持ち込み禁止のＩＣレコーダーだな」

「あ、いえ、たまたまポケットに入っていて……」

「なるほど、そしてたまたま録音ボタンが押されていた、と。──連れて行け」

レオンが短い声で言うと、体格のいいスーツ姿の男性や制服を着た大使館の警備員が数人駆け寄ってきた。

「おい、黙ってないで取り成してくれよ。俺は取材しようとしただけだよな、な！」

男は優美に向かって必死に訴えるが、彼女に何か言えるはずもない。

すると男の怒りはしだいにエスカレートし始め、それはすべて優美に向けられた。

「あんたがその気なら、俺にも考えがあるからな。所詮、ニセモノのくせに。いつまでも王子様が守ってくれると思うなよ！」

優美は何もしていない。強く反論したり、怒鳴ったりできないだけで、悪意を向けられる意味がわからない。

悔しさに唇を噛みしめたそのとき、レオンが素早く動いた。

連れて行かれる男を追いかけ、その髪を鷲摑みにして引っ張ったのだ。

「うるさいネズミだ。しかも、自分の置かれた立場を理解していない。大使館で罪を犯しながら、たいしたペナルティもなしに出て行けると思うのか？」

そして男の顔を覗き込み、嘲笑うように続ける。

「おまえはフォルミナ共和国に引き渡され、スパイ容疑で裁判にかけられることになる。死ぬまで日本には戻れない。ようするに、おまえが何を考えようと、エーゲ海の孤島で朽ち果てる運命と言うことだ」

レオンの言葉を聞き、見る間に男の目が虚ろになっていく。唇を戦慄かせ、優美のことなど、すでに眼中にはなさそうだ。

男はそのまま警備員たちに拘束され、引きずられて行った。


庭園に静寂が戻り、レオンと優美のふたりきりになる。

優美は両手を握りしめるが、震えが治まらない。落ちつこうと思えば思うほど、震えが全身に広がっていくのだ。

そして足下がふらつき、倒れそうになったそのとき――レオンの手が優美の身体を抱き留めた。

力強い腕が彼女を掻き抱き、抵抗する間もなく逞しい胸に頬を押しつけられる。

レオンの鼓動が少しずつ速くなるのを感じ、優美はもたれかかったまま目を閉じそうになり……。

「あ……あ、の……」

蚊の鳴くような声が優美の口から漏れた瞬間、レオンは彼女と少し距離を取った。

「すまない。触れない約束だった」

想像できないほど律儀な態度に、優美のほうが驚いてしまう。

「いえ、あの、ありがとうございました。大使館の中だから、大丈夫だろうって思っていて……勝手にウロウロしたせいで、すみませんでした」

震えの止まらなかった身体が、レオンの温もりを感じるだけで落ちつきを取り戻しつつある。

レオンから離れなくては、と思う反面、抱きしめていてほしいと願う自分が情けなかった。

「いや、おそらく勲章受章者の取材という名目で入ってきたんだろう。君にはSPがついていたんだが、どの程度まで制限したらいいのか迷ったらしい」

優美のために用意されたのは、レオンが個人的に雇ったSPだった。

彼女のことは『プリンセス同様に』という指示が出ていたが、民間人であることには変わりがない。行き過ぎた警備が原因でトラブルが生じた場合、レオンの立場上、国際問題になりかねない。

SPたちは、不審な男が優美に近づこうとしていたことには気づいていた。しかし、場所が大使館内と言うこともあり、レオンの指示を待っているうちに、不審者に彼女との接触を許してしまったと言う。

「あのフリーライターの方……フォルミナに連れて行かれてしまうのでしょうか？　本当に、スパイ容疑で裁判に？」

酷い言葉で罵られた。腕を掴まれたときは本当に怖かった。だが、『エーゲ海の孤島で朽ち果てる』までの処罰は望んでいない。

「あの男は君を侮辱した。その罪は重いと思わないか？」

レオンは憮然とした顔で答える。

男性の態度には大きな問題があった。だが、『ひょっとして……もう寝ちゃった？』という質問に、堂々と答えられなかったのもたしかだ。

(会ったその日に、なんて……自慢できることじゃないもの)

「一国の王子を侮辱した、という罪なら仕方がないと思います。でも、わたしのことでそこまで重い罪にするのは……許してあげることはできませんか？」

優美はうつむいたまま、小さな声で頼んだ。

「そんな苦しそうな顔をしないでくれ。奴は日本の警察に引き渡されて、日本の刑法により処罰される。余罪がなければ、すぐに釈放されるだろう」

レオンの言葉に優美は安堵する。

と同時に、彼の胸に抱きしめられたままの自分に気づいた。

「手を放したほうがいいのだろうが、君が倒れてしまいそうだ。もうしばらく、こうして支えていてもいいだろうか?」

それは罪作りなほどに優しい声音だった。

優美にはとても耐えられず、涙が溢れて止まらなくなる。

「ずるい……です。わたしのこと、お金で買えるって……思ってるくせに。それなのに、こんなに優しくして……」

「違う！　そうではないんだ。決して、そういうことでは」

「あんなに酷いことを言われたのに、優しくされたら……勘違いしてしまいます。でも、きっと、一週間経ったら……また、あんなふうに」

次の瞬間、レオンは彼女の手を握りしめると、庭園の芝生の上にひざまずいた。

片膝を立て、祈るように優美の手の甲に額を押し当てる。まるで騎士のような仕草に、胸がときめいて頬が熱くなった。

同時に、涙も止まっていた。

「あ、あの……レオン？」

「君を八番目の候補者だと思い込んでしまったのが、最大のあやまちだった。フレデリックの言葉と、あの白いドレスに惑わされたせいだが……いや、何を言っても言い訳にすぎない」

「……八番目……白いドレス……」

優美はおうむ返しのように呟き、ハッとした。

そう言えばレオンに、優美とエリナがドレスを交換した、という話はしただろうか？

話そうと思って、そのままになってしまった気がする。

「ドレスは、塚田さんと交換して……」

「ああ、わかっている。君のために用意されたドレスが、ペパーミントグリーンだったことも。そして君が、そのドレスをあっさり手放してしまったことも。あのときの、ティアラのように」

情熱に潤んだような瞳が、優美のことを見上げていた。

「立って、ください……膝が汚れてしまいます」

「これは謝罪だ。君に許してもらえるまで、私は立ち上がるつもりはない」

「そんな……」

優美は当惑を露わにする。

許すと言ってしまいたい。だがそうすることで、このままズルズルと彼の術中に陥ってしまいそうだ。

「待ってください！　じゃあ、どうして……八番目の候補者と思い込んだだけで、お金で……なんて思ったんですか？」

そこが最大の疑問だ。

何番目だろうが候補者に違いはない。もし、その番号が一次審査の通過順だったとしても同じだ。八人中八番目だからといって、娼婦のような扱いをしてもいいという理由にはならない。

それとも、レオンのほうに特別な八番目が用意されていたのだろうか？

たとえば、日本人の女性と一夜を過ごすためのカモフラージュに、わざわざ最終選考会が利用された。そんな馬鹿げたことまで考えてしまう。

だが、レオンの返事を聞き、それが当たらずとも遠からずだったことを知った。

「誓って言うが私の希望ではない。だが、フレデリックが――」

フレデリックのたくらみを聞き、優美は開いた口が塞がらない。

七番目までに順位はなく、ドレスも等しく用意されていた。そこに八番目が追加されて、レオンはただ、スタッフのクレーム対策用に最後の候補者を利用したと言う。

「子供に優しい笑顔を見せる君を見て、粗悪なドレスを用意させたことを後悔した。だからあの夜、君にふさわしいドレスを用意させ、食事を楽しむだけのつもりだったんだ。それが……誤解で、暴走してしまった」

心の底から口惜しそうに言われ、優美の心はレオンに向かって開いてしまいそうになる。

「もう……わかりましたから、許しますから、立ってください」

「本当に？」

「はい。本当です」

優美がうなずくと、レオンはスッと立ち上がる。

そして彼女の手を摑んだまま、ほんの少し屈み込んだ。レオンの顔がしだいに近づいてきて……。

三週間前のキスを思い出し、ドキドキし始めた彼女の耳元で、レオンがささやいた。

「あんな形で、無垢な君の躰を奪ってしまったのに？」

「……!?」

優美はびっくりして横を向くが、そこにレオンの唇があった。

形のよい唇がゆっくりと開き、「ユミ」と動いた。その声に促されるように、心の声を口にしてしまう。

「レオン……どうして、それを？」

そう呟いたとき、彼の瞳に動揺がよぎった。

直後、彼は目を閉じて額を押さえる。

「やはり、そうか……。まったく、私はなんということをしてしまったんだ」

レオンは優美から離れた。

背中を向けて、髪を掻き毟《むし》るようにしてうなだれている。彼らしくない苛立ちが見て取れ、優美の胸もざわめいた。

「君はそのことを言うべきだったな。いや、あのときは言われても信用しなかっただろうが。それでも、言ってほしかった」

「ごめんなさい。経験がないわたしでは、楽しめなくて……」

責められた気がして、思わず謝ってしまう。

だがあのときの優美に、そんなことを口にする余裕はなかった。それに、『言うべき』という考えも浮かばなかったのだ。

優美は慌ててレオンと距離を取ろうとする。

すると、

「そうではない！」

レオンのほうが焦った様子で彼女の腕を掴んだ。

「フォルミナ国民の多くがカトリックなんだ。私も生まれたときに洗礼を受けた。だから、無垢な女性は敬うよう教育されている」

そう言うと、彼は力いっぱい優美の身体を抱きしめてきた。

「奪うつもりも、傷つけるつもりもなかった。——愚かな私を許してほしい」

「そんな……慣れてなくて、楽しめなかったから、さっさと追い出されたんだと思ってました。だから、一万ドルなんて大金を払ってまで……」

「いや、百万ドルでも足りないくらいだ」

優美は自分の身体に回されたレオンの腕に触れる。

「お金なんていりません。わたしはただ、あなたを信じただけだから。あのとき、言ったことは本当です。すべてを、捧げたいって言葉。あなたは〝特別〟——だったから」

あえて過去形で口にした。

あのときとは違う。これ以上流されてはダメなのだ。

フリーライターの男が言った『所詮、ニセモノのくせに』という言葉。あれは悔しいが事実だ。優美はたった一週間だけのプリンセスにすぎない。

そう思って必死に自分の心を打ち消そうとするが……。

上着の袖越し、触っていたレオンの腕の筋肉がふいに強張る。そう思った直後、彼は腕の中で優美を転がすように抱きすくめ、激しく口づけた。

押し当てられた唇から甘く熱い吐息が流れ込んでくる。

優美は無意識のうちに、彼の背中に手を回していた。滑らかな絹を指先で手繰り寄せ、ギュッと摑む。

「すまない……ユミ、自分を抑えることができない」

喘ぐようなレオンの声が耳の奥に滑り込み、優美の身体は震えた。

彼の顔を見上げ、ふたりの視線が交差した瞬間――。優美は自分の中に芽生えた感情に抗うことをやめた。

何も言わず、そっと目を閉じる。

彼女の唇にキスの雨が降り注ぎ、身じろぎもせずにすべてを受け止めていた。

☆　☆　☆

レセプションフロアに立ち、ポカンとした顔でアポロン像を見上げている姉、香奈の姿に、優美はどことなく既視感を覚えていた。

「腰巻きっていらないと思わない？」

ボソッと口にした香奈の言葉に、必死で笑いを堪える。

「ああ、でも……アポロン像ってさ、けっこうアレだったから、腰巻きはあって正解かもねぇ」

「香奈ちゃん、アレって……失礼よ」

「石像に失礼って何？　別にプリンス・レオンのアレがアレって言ってるわけじゃないわよ」

「かっ、香奈ちゃんっ!?」

優美は大慌てで周囲を見回した。

ごく普通に『いってきます』と家を出たのが、昨日の朝のこと。そのまま通勤用のバッグひとつで、優美はアディントン・コートに連れて来られてしまった。

必要なものはすべて用意してくれると言うが、一週間も過ごすなら、さすがに使い慣れたもののほうがいい、という品物はある。それを香奈に持ってきてもらった。

優美は響子にコーヒーを頼み、香奈と一緒に窓際のラウンジのソファに座る。

「ふーん、昨日の今日でずいぶん、お姫様っぽくなってるじゃない」

「そ、そんなことないよ。気のせいだって」

香奈は思わせぶりな顔でニヤニヤ笑っている。

「それで、最悪で極悪のプリンスはどうなったの？」

三週間前、苦し紛れに言ったことを追及され、優美は返答に困ってしまう。

「いい加減、正直に言っちゃいなさいよ」

「正直も何も……別に……あ、そうだ！　わたしそんなに時間なかったんだ。二十分くらいしかなくて……わざわざ持ってきてくれたのに、ごめんね」

話を逸らせる目的もあったが、時間がないのは本当だった。優美は十三時までに着替えを済ませ、ランチに出なくてはならないと聞いている。

もちろん、レオンのエスコートで。

そのために午前中いっぱいかけて、スパとエステで身体を磨き上げられたのだ。オリーヴオイルを使ったマッサージは気持ちよ過ぎて、眠ってしまいそうになった。

「今ってさ、ひょっとしてノーメイク？」

「うん。お肌、ツルッツルでしょ？　最上階のエステに行ってきたばかりだから。香奈ちゃんも今度試してみたらいいよ」

「あんたねぇ……気軽に言うけど、一回のエステで給料半分飛ぶわよ」

香奈はコーヒーを啜りながらそう口にする。

たしかに極上の気分を味わわせてくれるサービスと空間だった。だが、三時間で給料半分はとても払えない。

美容師になって七年という香奈のほうが、当たり前だが優美より給料は多い。だからと言って簡単に出せる額ではないだろう。

「ヘアメイクも専属の人にやってもらうの？」

「そう聞いてるけど」

「だったら、その鬱陶しい長さはやめて、スッパリ切ってもらいなさいよ。ただでさえ、フワフワしてて頼りなさそうな印象なんだから」

そんなことをしたら、櫛すら通していないようなヘアスタイルになってしまう。コケティッシュと言えば聞こえはいいが、優美の場合はだらしなく見える。

そのことは香奈もよく知っているはずだ。なんと言っても優美は、彼女が美容師見習いだったころの練習台だった。

(カットの練習がしたいって言われて、何度もカットされて、鳥の巣アタマなんて呼ばれてたこともあったんだから!)

いろいろ試されて、さんざんな目に遭った覚えがある。

だが、ひと言反論すると何倍にもなって返ってくるので、優美は黙ってコーヒーカップに口をつけた。

「色もアッシュに変えたらもっと大人っぽくなるわよ。その、これから伸ばそうと思ってますって感じのヘアスタイルをやめて、宝の持ち腐れになってるDカップも使ったら……プリンスだって落とせるかもよ」

コーヒーを吹きそうになり、慌てて飲み込む。すると今度は気管支に入りかけて、ケホケホと咳き込んだ。

「まあ、三週間前のことは不問にするとして……昨夜はどうなのよ。プリンスとスイートに泊まったんでしょ？」

「どうもこうもないってば。わたしはひとりでゲストルームに泊まったの！　ちゃんと鍵はついてるし、それに、ほとんどふたりっきりなんてないんだから」

香奈は「ふーん」と言いつつ、明らかに納得していない顔だ。

そのとき、ラウンジに近づく足音が聞こえた。

「ユミの髪は今のままでいい。切る必要はないし、美しい黒髪を染めるなんて、もったいないことだ」

レオンは歩きながらそんなことを口にする。

気品のある微笑みを浮かべ、アイリッシュリネンのスーツに身を包んでいる。ネクタイは締めず、白いシャツの上にブルーのジャケットを羽織る姿——そのなんでもない格好が魅力的に見えて、優美は息を呑んだ。

すると、香奈のほうが先に立ち上がり、軽く会釈する。

慌てて優美も腰を上げ、香奈のことを紹介した。

「はじめまして、ミス・カナ・ハルナ。ようこそ、アディントン・コートへ」

レオンは香奈の手を取ると、さっと口づける。

その流れるような優雅な動きに、さすがの香奈も悪態はつけないようだ。レオンのことをボーッとみつめている。

「えっと、レオン。わたしの髪は美しい黒髪じゃないですよ。黒に見えるだけの焦げ茶ですし、クセ毛なので、流れるような黒髪っていうのに憧れます」

優美が毛先を摑みながら言うと、レオンは彼女の隣に立ち、当然のように髪に触れてきた。

「私にとっては、これ以上ないほどの美しい黒髪だ。緩く波打っているのもいい。手触りもよくて……いい香りがする」

指先にクルクル巻くと、レオンは自分の鼻先にあて、嬉しそうに匂いを嗅いでいる。

毛先にまで神経が通っているはずはない。それなのに、優美は快楽の予兆に背筋がゾクリとした。

「えーっと……」

香奈の声が聞こえて、姉がすぐ傍にいたことを思い出す。

「私はそろそろ失礼させていただきます、が……レオニダス殿下、優美は優柔不断な子ですけど、簡単に言いなりにできると思ったら大間違いですよ。ちゃんと、お姫様扱いしてやってくださいね」

褒められているのか貶《けな》されているのか、よくわからない。だが、レオン相手にきっぱりと言い切る香奈の姿に、優美は啞然とする。

（さっきまでボーッとしてたのに、いつの間に立ち直ったの？）

レオンは優美の髪からすぐに手を離すが、その手を彼女の腰に添えた。

「ご心配なく。ユミのことは大切にお預かりします。彼女は――アディントン・コートのプリンセスですから」

彼の手に触れられた部分が熱い。

伝わってくる熱に胸の鼓動が治まらず、優美はレオンの横顔をみつめ続けたのだった。


レオンとふたり、三十階のエレベーターホールで香奈を見送った。

「じゃあ、わたし着替えてこないと……。えっと、メイクと着替えは二十八階でしたっけ？」

優美がキョロキョロと周囲を見回すと、レセプションの方向から響子が早足でやって来るのが見えた。

（王族の側近って、常に邪魔にならないよう控えてなきゃならないんだから、凄いなぁ）

そう思ってフロアを見回すと、オープンに向けて働くスタッフだけでなく、黒いスーツのＳＰや制服姿の警備員もいる。レオンの側近らしき人々も見え、あからさまにならない程度にこちらの気配を窺っているようだ。

「優美様、ヘアメイクとお着替えの準備は整っております。お荷物はこちらでお預かりして、お部屋に届けておきましょう。では、ご案内を――」

響子がそこまで言ったとき、レオンが手で制した。

「私が下まで連れて行こう。ユミ、荷物をキョウコに預けなさい」

その有無を言わさぬ様子は、まるで響子を追い払っているようだ。

荷物を渡された響子も少し戸惑った顔をしたが、レオンの命令とあらば逆らうことはできない。エレベーターの手前で響子は立ち止まった。

優美も思わず立ち止まってしまったが、レオンがエレベーターの扉を開いて待っていてくれる。

「さあ、ユミ」

その手を差し出す動作が流れるように魅惑的で、優美は彼の手を取り、エレベーターに乗り込んだ。

扉が閉まり、小さな箱の中はふたりきりだった。

「あの……レオン、ひょっとして……昨日の返事でしょうか?」

優美はおずおずとレオンに声をかける。

「そうだ。もちろん、無理強いする気はない。だが、さっきのようなとき、返答に迷ってしまうだろう?」

とっさに、香奈が口にした忠告めいた言葉を思い出す。

「姉が変なことを言ってすみません。わたしは、何も気にしていないので……」

「いや、私自身が気になる。本当は〝アディントン・コートの〟ではなく、〝私の〟と言いたかった」

そう言った瞬間、レオンは指を優美の指に絡めた。その仕草はエスコートとは全く種類が違う。抱擁、いや、愛撫に近い触れ合いだった。

レオンにも自覚はあるらしい。エレベーターの監視カメラを気にしながら、ギュッと握りしめる。

彼の手の温もりに、優美は昨夜のことを思い出していた。


『ユミ、私にチャンスをくれないか？　もう一度、最初からやり直したい』

大使館の庭園――熱烈なキスのあと、レオンは優美を抱きしめてささやいた。

すぐにもうなずきたくて……でも、うなずけなくて……。

もしこれがレオンでなかったら、レオンが大富豪の御曹司でもなく、プリンスの称号もなかったら、優美はすぐにうなずいていただろう。

あのときは、最終選考会で特別な格好をさせられ、気分が高揚していた。

レオンのリードに気をよくしてワルツを踊り、初めて口にしたシャンパンに背中を押され、ベッドに飛び込んでしまった。

いろいろ説明されて、彼が誤解してしまった理由はわかったけれど、それだけだ。わかったからと言って、ふたりに用意された未来が変わるわけではない。

現実の男性に幻滅していたからこそ、優美の中には夢があった。

自分に初めての恋を教えてくれる男性は、あらゆることに拙《つたな》い彼女を許し、真正面から受け止めてくれる男性であってほしい。四季の移ろいをともに過ごし、季節のイベントや恋人同士のイベントを通過しながら、最も近しい家族に、と――そう望んでほしい。

だが、レオンが相手ではそんな夢を見続けることは不可能だ。

それだけではない。彼が女性を捨てるとき、どれほど冷酷になれるか身をもって知ってしまった。

結婚が前提の恋しか始めたくない、と言っているわけではない。

だが、幼いころの初恋しか経験のない優美に、期間限定でプリンスの恋のお相手など務まるはずがないだろう。

うつむいたまま何も言わない優美に、レオンは言葉を付け足した。

『ベッドルームからやり直そうと言ってるんじゃない。もっと前、そうだな、君にポールダンスの名手と言われた辺りからでどうだろう？』

『あれは……ごめんなさい。恥ずかしいから言わないで……それとも、怒ってますか？』

『いや、そんなことはないよ。あれは驚いたけど、あんなに笑ったのは何年ぶりだろう。いや、初めてかもしれない。私にとって忘れられない出来事になった』

レオンの言葉は優美の胸に仄《ほの》かな灯りを点すが……。

『だが、私たちに与えられた時間は短い。そのことも忘れないでくれ』

一週間だけの恋、そう念を押されてしまい、胸の灯りはすぐに見えなくなった。

「――殿下？　優美……様？　どうかなさいましたか？」

響子の声が耳に飛び込んでくる。肩に手を置かれ、優美は自分の名前を呼ばれていたことにようやく気づいた。

「あ、ごめんなさい。もう一度お願いします」

ヘアメイクと着替えを済ませ、アディントン・コートの最上階レストランでランチを食べたあと、ふたたびレセプション階に戻ってきた。

ミントグリーンのシフォンワンピース、胸のすぐ下で幅広のリボンを結んでいる。ネックレスもイヤリングも大粒のパール。レオンの希望どおり、髪はほとんど手を入れておらず、軽く三つ編みにしていた。

今、彼女の目の前には、大理石のアポロン像がある。そこでレオンとのツーショットを撮影しながら、女性誌の記者からインタビューを受けている最中だった。

エレベーターの中でレオンに詰め寄られてから、少しでも時間が空くと、昨夜のことを考え始めてしまう。

気を引き締めるが、どこまで続くか自信がない。

「優美殿下と呼ばれることに、慣れましたでしょうか?」

記者は優美と同じ世代の女性だった。

彼女は興味津々といった様子で優美に質問してくる。

「いいえ、全然慣れません。きっと一週間じゃ無理だと思います」

「このレセプションフロアは本当に宮殿の入り口のようですけど、最初に来られたときはどう思われました?」

「やはり、このアポロン像に目を奪われました。あの……レオニダス殿下に似ておられる気がしたもので」

「そうですよね! 私もそう思って……」

同じ年頃の気安さだろうか、女性記者ははしゃいだ声で同意する。

直後、女性記者の後方に立っていた安斎が咳払いをした。彼女は慌てて口を閉じ、ふたたび気取った声を作って質問を続ける。

「失礼いたしました。では、初めてレオニダス殿下とお会いになられたときの感想をお願いします」

「えっと……心の広い方だと思いました。わたしは、その……こういった場所に慣れてなくて、いろいろ失礼なことを言ってしまって。それなのに、逆に気遣っていただけて……本当に感謝しております」

丁寧に答えようとすればするほど言葉遣いが怪しくなっていく。これでも教諭なのに、と思えば思うほど、焦ってよくわからなくなるのだ。

それにレオンとの会話は、どこまで本当のことを言っていいのか判断がつかない。ついつい、女性記者の後ろに見える安斎や響子の顔色を窺いながら返事をするので、どうしても言葉がつっかえてしまう。

（ポールダンスはＮＧ……だよね？）

そんなことがフッと頭に浮かんだ。

すると、優美の心を読んだかのように、女性記者が質問してきた。

「具体的にはどんな失礼なことでしょう？　レオニダス殿下の気遣いの程度なども、合わせてお答えいただけたら」

「そ、それは……」

グッと返答に詰まったとき、なんと横からレオンが答え始めたのだ。

「たとえば、初めて会ったとき、ユミは私のことを……」

「レ、レオン!?」

殿下を付けるのも忘れ、思わず叫んでしまう。

「どうしたんだい、ユミ。例のことは言ってもいいだろう?」

「ダメです。は、恥ずかしいので、やめてください」

例のこととはポールダンスの話に違いない。優美は慌てて彼を止める。

「じゃあ別のことにしようか?」

そこまで言ってレオンは優美の耳元に口を寄せ――「シャンパンは葡萄の味だと言ったこと、とか」

サラリと言われ、優美は一瞬で逆上《のぼ》せたように頭が熱くなった。

レオンの顔を見ると、どうしたことか彼もジッと優美のことを見ている。

(どうして、こんなに視線が合ってしまうの? なんだか、ずっとみつめられてるみたい)

彼の視線を感じると身体が固まったように動けなくなってしまう。そのまま火照ってきて、シャンパンを飲んだときのように理性が飛びそうになるのだ。

ヘビに睨まれたカエルの気分とでも言えばいいのか、あるいは蜘蛛の巣にかかった羽虫に近いのかもしれない。

しだいに身体だけでなく、頭の中まで膠着《こうちゃく》してしまい、息をするのも苦しくなり……。

そのとき、ふいに咳払いが聞こえた。

紺碧の瞳にかけられた呪縛は一瞬で解かれる。

咳払いをしたのは安斎だった。彼はどうやら、記者を監視する役目のようだが、見るに見かねてといった表情をしている。

(な、なんだか、とってもマズイかも。そんなに長い時間みつめ合ってた? ふたりの世界とか、作ってたりして)

なんと言っても、記者もカメラマンも口をあんぐりと開けている。

日本人ではないレオンが、予想外の行動を取ることはこれまでも間々あった。いきなりファーストネームで呼び始めることも、日本人にはビックリだろう。

今回、プリンセスに決まった優美に対しては、レディファーストが徹底していた。車から降りるときは手を取ってくれたり、ランチのときも椅子を引いてくれたり。最大級の敬意を払ってくれているのか、完全に特別扱いだ。

だが、いささか度を越しているように思うのがスキンシップだった。

(さっきのエレベーターの中だって、普通じゃないよね? まあ、わたしはいいんだけど……いや、よくないか。でも、ちょっとドキドキして……いや、それがダメなんだって)

二十八階まで下りるエレベーターの中で、こっそり手を繋がれたことを思い出す。ほんの数秒が数分に思える時間だった。

さすがに人前であんな真似はしないが、肩や腰に触れるくらいはしょっちゅうだ。

エスコートと言われたらそれまでだが、あらかじめ承知しているはずのスタッフですら、時々驚くようなことをする。

優美が一番気になるのは、こんなに親しげに触れてくるのは〝プリンセス〟だからか、それも〝優美〟だからなのか、ということ。

また、うっかりみつめ合ってしまいそうになり、慌てて下を向く。

レオンのほうは戸惑いを露わにした安斎の顔も、唖然とした記者たちの視線も気にならないらしい。何ごともなかったかのように言葉を続けた。

「ではひとつだけ――君たちが見出しに書いてくれるおかげだろうか？　ユミから〝イケメンプリンス〟と呼ばれたよ。これは、私に対する褒め言葉で間違いないかな？」

それは最初に響子と話していた内容だった。そんなことまで覚えていてくれたのだ、と優美は感動してしまう。

女性記者もにわかに興味が湧いてきたようで、

「は、はい、もちろん褒め言葉ですよ。でも、〝優美殿下〟とお呼びするより、〝優美妃殿下〟とお呼びしたほうがよさそうな感じに思えて……あ、いえ、イベントに合わせて、これも演出でしょうか？」

思わずドキッとするような質問をしてきた。

優美は動揺が顔に出てしまったと思い、心配になったが、彼女のほうは優美を見ていなかったようだ。

どうやら、ゴシップめいた質問は禁止されているらしく、そのため、女性記者たちは安斎の顔色ばかり気にしている。

そんな中、少し難しい顔をした安斎とは違い、レオンは余裕綽々《しゃくしゃく》だった。

「どちらもプリンセス・ユミには違いないのだが、日本語は難しいな。君のイメージするイベントに合わせての演出なら、二十八階のチャペルでウエディング体験も入れたほうがいいだろうか？」

チャペルやウエディングの単語に、優美のほうが緊張してしまう。

女性記者も目を輝かせて、

「それはいいですね！　ぜひ、そのシーンもうちで撮影させてください!!」

もはや安斎のことなど忘れてしまったような、浮かれた声だった。

「ではユミ、ウエディングドレスを着て、私とチャペルを歩いてみるかい？」

無条件で『はい！』と叫びそうになったが、昨夜のうちに聞いた詳細な予定を思い出す。

はたして、今からそんな予定を組み込むことは可能なのだろうか？

多くの人に迷惑をかけたらと思うと、優美には即答できない。だが、ここで『けっこうです』と言ったら、レオンに恥を搔かせてしまう。

そんなおろおろする彼女の肩を抱き寄せ、レオンは優しくささやいた。

「プリンセスの願いはすべて叶えてあげるよ」

「で、でも……安斎さんとか、睨んでるし……」

心の中で呟いただけのつもりだった。だが声にしてしまったらしく、女性記者たちには聞こえなかったようだが、間近にいたレオンはしっかり聞いていた。

「なるほど。では、新米プリンセスの君に、王族の権威を教えてあげよう」

「え？」

レオンは顔を上げると安斎を指さした。

「支配人、最終日までにチャペルウエディングを体験できるよう、スケジュールを変更してくれ」

それは可能かどうかを尋ねたわけではなく、レオンの言葉が決定だった。

安斎も穏やかな笑みを浮かべ、「承知いたしました」とだけ答える。

レオンも満足そうにうなずくと女性記者に向き直り、

「では、素晴らしい提案の礼として、君たちに取材を許可しよう。ただし、立場をわきまえた記事を期待する。そうならなかったときは——君たちはアメリカとEUを敵に回すことになる。そのことを忘れないように」

目の前にニンジンを吊るした上で、ニッコリ笑って釘を刺した。

（お、王子様って……）

☆　☆　☆

夜、トップスイートに戻ったのは二十二時を過ぎていた。

送ってくれた響子に礼を言ったあと、優美はひとりになり、大きく息を吐く。

香奈にはあえて言わなかったが、昨日の夜、レオンはこの部屋に帰って来なかった。大使館での申し出に、優美が答えを出さなかったせいだと思う。彼女自身も迷っていたので、ホッとしたのは事実だった。

もし昨夜、壁一枚隔てた場所にレオンが寝ていると思ったら、優美は一睡もできなかったはずだ。

今は、どうだろうか？

ふいにエレベーターで握られた手の温かさを思い出し、胸がじんとした。

今日一日、午前中のエステ以外はずっと一緒だった。多少離れることがあっても、基本的にレオンはずっと優美を気遣ってくれた。

何を迷うことがあるのだろう。

優美の心は九割方、レオンを受け入れている。それなのに、残りの一割が強固にダメだと言い張るのだ。

シャワーを浴び、クローゼットに吊るされた部屋用のワンピースを着た。

生成りの柔らかいコットンで、とても肌触りがいい。くるぶしまで隠れるマキシ丈のわりに、キャミソールタイプなので胸の谷間が露わになってしまう。そのせいだろうか、大判のショールが横に添えてあった。

髪もほどいたまま、エントランスに出る扉をほんの少し開いた。

優美の頭の中に、先ほどの響子の声が広がる。

『レオニダス殿下はお忙しい方ですので、お気になさらずお休みくださいませ。実を言えば、あそこまでイベントに協力してくださるとは思いませんでした。でも、もう少し距離を取っていただかないと、優美様のほうが大変ですよねぇ』

響子は本心から優美のことを案じてくれた。

思えば、朝から夜まで響子の姿を見ない時間はない。それは、ホテルに泊まり込みも同然で働いているせいだろう。仕事と言ってしまえばそれまでだが、彼女の熱心さには頭が下がる。

そんな響子が優美とレオンの関係を知ったら、どう思うだろう。

（距離……かぁ。ホントは嫌じゃない。凄く嬉しい。なんて言ったら、顰蹙《ひんしゅく》ものだよね）

静まり返ったエントランスを眺めているうちに、奥にあるリビングが気になった。

『メインのベッドルーム以外でしたら、リビングやダイニング、キッチンなどお好きにお使いくださいませ。ここだけの話、インスタントのラーメンも常備してございます』

昨日、トップスイートを案内してもらったとき、響子は楽しそうに説明してくれた。

本当なら誰かに命令して夜食を作らせるのが、プリンセスらしい行動だ。とはいえ、臨時のプリンセスである優美の場合、ちょっとした日常も大事だろう、と。

響子の配慮に感謝しつつ、

(ラーメンは作らないけど……ちょっとだけ、リビングに入っても叱られないよね?)

優美は羽織ったショールの前を合わせ、リビングに足を踏み入れた。

都心のホテルのスイートルームと言うより、ヨーロッパの宮殿のようだ。どちらも身近なものではないし、訪れた経験もないのだが、なぜかそう感じる。

室内をぐるっと見回して、優美はグランドピアノの前に歩み寄った。

そのまま、ピアノの前に置かれた椅子にそっと腰を下ろす。鍵盤《けんばん》の蓋は開いたままだった。

ふいに、あの夜レオンが弾いていた『別れの曲』が頭の中に流れてきて、優美は思わず指を動かしていた。

最近では子供向けの曲を弾くだけで、クラシックなどを演奏する機会はない。もともと

教室主催の発表会で弾いた程度の腕前で、レパートリーも多くはなかった。

ただ……少しずつ、あの夜のことが思い出されてきて……。

レオンの冷たいまなざしが脳裏に浮かび、涙が込み上げてきて手が止まり——次の瞬間、背後から抱きすくめられた。

「きゃっ……」

小さな悲鳴が口から零れる。

「あの夜、君を泣かせたことは本当に反省している」

心から、悔しくて堪らないといったレオンの声が聞こえてきた。

「レオン……どうして？　今夜も、戻らないんだと思ってました」

優美がか細い声で尋ねると、彼は小さく笑った。

「それは違う。戻らないのではなく、戻れなかった。私は待つことに慣れてないから、君の許可を得る前にゲストルームを訪ねてしまいそうで……」

彼女の肩に頭をのせ、泣き笑いを浮かべたような顔をこちらに向ける。その表情があまりに愛しくて、切なくて、思わず手を伸ばして優美は彼の頬にそっと触れた。

紺碧の瞳が見開き、口から「……ユミ」と震える声が漏れる。

優美自身も驚いて手を引こうとしたが、その手を彼に摑まれたと同時に唇が重なっていた。ショールが滑り落ち、優美の肩や胸元がレオンの目に晒される。

「あ……やだ、見ないで」

そう言ってせめて胸の谷間を手で隠そうとしたとき、レオンの目が欲望に揺らめいたことに気づいてしまう。

「もう、待てない。ユミ、もう一度愛し合いたいと言ってくれ。君の中に、私を受け入れてほしい」

「待って……わたし、あなたが好きです。だから、わたしのことも好きって言ってほしい。愛しているって……一週間だけでいいから。本当の恋人みたいに、愛し……んんっ」

ふたたび唇を塞がれ、彼女の身体はペルシャ絨毯の上に引きずり下ろされていた。

そのまま、仰向けに押し倒される。白い天井に吊るされたシャンデリアから、水晶に包まれた光が降り注ぎ、レオンの髪をいっそうキラキラと輝かせた。

「愛してる。この三週間、君のことを忘れた時間はない。ずっと、君のことを思い続けた。最初は悔しくて……君に騙されたと思っていたから」

「わたしも……騙されたって、そう思って……あ」

レオンの指がキャミソールワンピースの肩紐をずらし、柔らかな胸を揉みしだいた。唇を押し当て、吸いついてくる。

「あの、レオン……ここは、リビングだから……せめて、ベッドに」

万が一、エントランスに誰か入ってきたら、扉がないのですべて見られてしまう。

優美は身を捩って起き上がろうとするが、レオンが上に乗ったままなので、思いどおりにはならない。それどころか、片方の膝を立てたせいでマキシ丈のスカートは太ももまで捲れ上がってしまう。

露わになった太ももにレオンの手が置かれた。

さわさわと撫でながら、しだいに脚の間の翳りを目指していく。

「もちろん、二度目はベッドに行こう。でも今は……早く君と繋がりたい」

レオンの指先がシルクのショーツを探り当てた。滑らかな生地越し、一本の指が淫らに動き始める。淫芽を強く押され、それだけで優美の躰から溢れた雫がシルクをしっとりと湿らせた。

必死で唇を噛みしめるが、レオンに触れられ尖った胸の先端を、舌で包み込むように舐られた瞬間――。

「あっ！　あ、あ、やん……ま、待ってレオン、ま……あっ、ああーっ！」

優美の躰に三週間前の快楽が甦る。

レオンにより教えられたたった一度の経験が、彼女の中に眠る官能を目覚めさせた。

「ほら、君のここも欲しいと言ってる」

ショーツの隙間からレオンの指が潜り込んでくる。グチュリと蜜を掻き混ぜる音がして、優美の下肢がピクッと震えた。

我慢してきた思いが、レオンによってもたらされる悦びに後押しされ、堪えきれずに弾け飛ぶ。

優美は手を伸ばして彼の首に抱きついていた。

「欲しい……レオンが欲しいの。お願い……きて」

レオンの身体が小刻みに震える。彼は忙《せわ》しない動作でスラックスの前を寛がせ、昂りを優美の秘所に押し当ててきた。

「ああ、ユミ……私の理性を、ここまで完璧に叩き壊してくれた女性は生まれて初めてだ。もう、止められない」

ズズッとレオンの欲棒が蜜襞を押し広げて入ってくる。

性急な挿入に、優美の躰はほんのわずかだが痛みを覚え……思わず顔を顰《しか》めた。

「私はまた、君を苦しめているだろうか？」

彼女の表情に気づいたらしく、レオンが申し訳なさそうに尋ねる。

「大丈夫よ……痛くても、嬉しい。だって、あなたと愛し合ってるんだもの」

優美は恥ずかしい気持ちを抑えながら、レオンの顔を見て微笑んだ。

「ユミ、その笑顔は、反則だ」

「え？　は、反則って、あ……あん、レオ……ン、あぁっ」

レオンの抽送がたちまち速くなる。

背中が痛くなるほどの激しさで押し込まれ、優美は知らず知らずのうちに声を漏らしていた。ふかふかのペルシャ絨毯のおかげで、痛みはほとんど感じない。

だが何度も繰り返すうちに、膣壁をこする肉棒の感触が堪らない悦びになっていく。

愉悦の吐息を互いの唇で塞ぎ、掠れるような喘ぎ声がリビングに広がった。衣服の擦れる音と淫らな水音が優美の耳に大きく聞こえ……。

「……ん、んんっ……あ、ダメ、ダ……メ、レオ……ン、んんーっ！」

彼のジャケットの肩口を摑み、優美は背中を反らして肢体を戦慄かせた。

同時に、レオンは彼女の最奥で熱い飛沫を放つ。胎内を駆け巡る奔流は、優美に初めてのときとは違う快感をもたらした。


快楽の余韻に浸る間もなく、レオンは我に返ったように優美から離れようとする。

「待って！　行かないで……もう少し、傍にいて」

とっさに彼にしがみついていた。

「いや、しかし……」

眉根を寄せたレオンの顔を見た瞬間、三週間前のことが頭に浮かんだ。優美は最悪の予感に涙が零れ落ちる。

「もう……捨てられるの？　せめて、一週間の時間もくれないの？　最初のときは、気がついたら終わってて、あなたはいなかった。わたし……わたしは……」

泣きじゃくる彼女の口を、レオンはキスで塞ぐ。

そして、優しく髪を撫でてくれたのだった。

「離れないから、泣かないでくれ。愛してると言ったはずだ。だが……まあ、今さらだな。話はあとにして――」

「あっ……ゃん」

腰に手を添えられ、ひと息に身体を引き起こされる。

「これは邪魔だな。脱がしてしまおう」

言うなり、レオンはワンピースをたくし上げて、そのまま優美の身体からスルリと抜く。意図せず、優美は〝万歳〟するような格好にさせられた。すると、次にその手をレオンの首に回すよう促されたのだった。

「あ、あの……レオン、リビングでこんな、恥ずかしいです」

ペルシャ絨毯の上に押し倒された時点で、ルームシューズは脱げてしまっている。今、優美が身につけているのはシルクのショーツ一枚。

だがそのクロッチ部分をずらされ、レオンの昂りを受け入れているのだから……ちゃんと穿いている、とは言えないかもしれない。

「私もそうだ。上着を着たまま、ネクタイも緩めずに君と繋がっているのだから。こんなところを見られたら、あとが大変だな」

大変だと言いながら、レオンは嬉しそうに笑っている。

しかも彼は優美を抱きしめたまま、勢いをつけて立ち上がった。

腰を支えられているとはいえ、躰の奥にレオンを受け入れたままの状態だ。幾分、硬度が弱くなったとはいえ、杭を穿たれた格好だった。

優美が挿入されたままの猛りに意識を向けた瞬間、それはしだいに力を漲らせてきた。

「あっ、くっ……んんっ、レオン……やだ、あの、硬く……大きくなって」

男性は一度放出したら、すぐには戻らないと聞いたような気がする。それなのに、レオンの雄身はあっという間に力を取り戻していく。

「ああ、我ながら信じられない。君の膣内《なか》が気持ちよ過ぎて、とんでもないことになってる。痛むようなら、一度抜いてもいいんだが」

「抜いちゃやだ！　抜かないで、わたしの中に……いてください」

とっさに叫んだが、自分でも信じられない言葉を口にしてしまった。

優美はレオンにギュッと抱きつき、彼の胸に顔を隠す。すると、上からフフッと笑い声が聞こえてきた。

「じゃあ、このままベッドルームに行こう」

「え……？　あ……ぁん……はぁぅ」

一瞬、何を言っているのかわからなかった。だがすぐに、彼が歩き出したことで『このまま』の意味を理解する。

レオンが一歩進むごとに、膣奥に欲情の滾りがズンと突き刺さる。

それは少し痛くて、不思議な快感を優美の躰にもたらした。

「わ、わたし……あっ、あ、お、重い……から、こんな……む、無理、しない……で」

太っているとは言いたくないが、痩せているとは絶対に言えない。

健康的な体型だが、出るところはしっかりと出ている。ようするに、それなりの脂肪はついていると言うことだ。それを考えると、ひょいと抱えて歩ける男性はそう多くはないだろう。

(わたしを抱えたせいで、レオンがぎっくり腰になったら……わ、笑えない)

優美は本気で心配していたが、レオンはあっという間にリビングを横切り、ベッドルームの扉を開けた。

「これでも、体力と腕力には自信がある。この程度で腰を痛めて、君を抱けなくなることはないから、安心しなさい」

ニッコリ笑うと、優美を抱いたままベッドに腰を下ろす。

「そ、そういう、心配をしたわけじゃ……えっと」

いつの間にか、ふたりはみつめ合っていた。

時間が止まり、レオンの唇により呼吸も止まりそうになる。今度は長い長い口づけだった。レオンの舌は優美の唇だけでなく、口腔内を舐め尽くしながら唾液を啜る。

息も絶え絶えになりながら、優美は彼のキスに応えていた。

「ユミ、もう離さないから、覚悟はいいね？」

ベッドルームに点された常夜灯の下、黒に見紛う瞳が妖しく光り、胎内に埋め込まれたままの雄が蠢《うごめ》き――。

優美はその瞳に吸い込まれるように、コクンとうなずいた。

第六章　愛が止まらない

初めてレオンに抱かれたベッドで、命じられるまま優美は彼の上着を脱がせた。

「次はネクタイだ。先は長いよ、ユミ」

彼の指は優美の柔らかな素肌をゆっくりと撫でさする。もちろん、下半身は繋がったままだ。

長いキスが始まったとき、すぐにもベッドに押し倒され、激しく攻められるのだと思った。だが彼は、自分の服も脱がせてくれと言い始めたのである。

向かい合って座ったまま、優美はレオンのネクタイに手を伸ばす。

（ネクタイって、これまで全然縁がなかった気がする……どうやってほどけばいいの？）

適当に引っ張ったのではほどけない気がして、優美はもたついてしまう。

そのとき、レオンの腰がクイッと動き、下から突き上げられた。

「あっん……やぁん、待って、まだ……ほどけてない、から……あっ」

ふいに強い刺激を受け、膣内《なか》がギュッと締まる。

止まった彼女の指先をレオンが摑み、ネクタイのほどき方を順に教えてくれた。

「少しスピードアップしてくれないか？　そうでないと、私のほうがギブアップしてしまいそうだ」

言いながら、徐々に腰を突き上げるペースが速くなる。それと同時に、繋がった場所から聞こえてくる水音も大きくなっていく。

グチュ……ヌチュ……と耳に届くたび、優美の頭の中は熱くなり、羞恥に溶けてしまいそうだった。

ようやくネクタイを取り、そして、今度はシャツのボタンに触れる。

「レオン……少し、少しだけ……止まって。ちゃんと脱がすまで、待って……そんな、ふうにされた、ら……」

「気持ちよくて、腰が動いてしまう？　かまわないよ、自分で達《い》ってみるかい？」

そんなことない、と言いたかったが、優美の腰が動いているのは事実だ。そんな彼女の反応を楽しむように、レオンは上下だけでなく、前後左右に揺らし始めた。

優美は懸命にボタンを外そうとするが、半分まで外したところでレオンに止められた。彼は袖口のボタンを外すと、シャツを自ら脱ぎ捨てる。

常夜灯に何も身につけていない逞しい上半身が浮かび上がった。

優美は頬を染めて顔を背ける。三週間前も見たはずなのによく覚えていない。そのせいか、恥ずかしさは倍増だ。

「自分では難しいかな？　じゃあ、私が達かせてあげよう」

そのまま仰向けに押し倒された。

優美は足首を握られ、大きく左右に開かされる。

「ああっ、やだ、レオン……そんなふうにしたら、見えちゃいます」

「この薄暗さじゃ、何も見えない。それより、一度抜くけど泣いてはダメだよ。邪魔なショーツを脱がせるだけだ。最初に脱がせておけばよかったんだが、それより君が早く欲しかったから」

直後、優美の躰から杭が引き抜かれた。

息をつく間もなくショーツを剝ぎ取られ、ふたたび脚を開かされる。露わになった淫部をまじまじとみつめられ、蜜窟に指を押し込まれた。指は奥まで入り込み、蜜襞を二度、三度と掻き回し……蜜口から白濁の液体がとろりと零れ落ちた。

「ぁ……ふぅ、も……う、ダメ……変になりそう」

「では、ユミ。また〝このまま〟入れるよ。無理強いはしない。嫌なら、今すぐに言ってくれ」

「嫌じゃないです。レオンとひとつになるのは、とっても幸せだか……ぁ、んっ」

蜜口を開きながら入ってくる熱の塊に、優美は身体を震わせた。

リビングのときとは違い、それはゆっくりと押し入ってくる。中がいっぱいになり、肉棒の栓では止めきれない蜜液が臀部まで流れ落ちていく。

その浅く緩やかな抽送は、未熟な優美の躰を少しずつ花開かせる。

「綺麗だ、美しいよ、ユミ。私だけの君に、もっといろんなことを教えたい」

大きな掌が優美の髪を撫で、額や瞼、頬から顎にまでレオンの口づけが続く。

「レ、オン……レオン、わたし、恥ずかしい……わたしじゃ、ない……みたい、で……んんっ、くぅ」

「君はきっと、この行為が持つ本当の意味に気づいてないんだろうな。だが、それでもかまわない」

ほんの少し、落ちつきを取り戻したようなレオンの声が聞こえてきて、優美が目を開けてどういう意味か尋ねようとした直後、彼は自分だけ上半身を起こした。

そのまま優美の右足首を摑み、自分の肩にのせる。当然、彼女の脚は大きく開かされ、繋がった部分は丸見えになった。

「あっ……やぁ、んっ……こ、これって、何？」

レオンは楽しそうに笑うと、

「さっきは君が服を脱がせてくれなくて、たっぷり焦らされたからね。そろそろ限界かな」

彼女の右脚を担いだまま、浅い挿入を一気に深くした。

同時にレオンの指が剝き出しになった淫芽をこすり、優しく愛撫する。

「あ、あ、ダメ、ダメーッ……ゃあ」

はしたない声を上げ、今にも達しようとしたとき、秘所を弄《いじ》る指先がピタリと止まった。

同時に肉棒の動きも止まる。

中途半端な快楽の余韻に、優美は自分の躰を持て余した。

「あ……あの、どうして？」

「ダメ、なんだろう？　君がそう言ったから、止めたんだよ」

「そ、そんな……」

彼にからかわれていることはすぐにわかった。

「時々……意地悪になるんだから……」

優美は小声で呟いたつもりだったが、彼の耳にも届いていたらしい。

「私が君に意地悪を？　ああ、たとえばこんなことかな？」

指がふたたび動き始め、それに呼応するように腰を大きくグラインドさせた。

冷めかけた快感に火が点き、高みに押し上げられそうになった瞬間、ふたたびピタッと止める。

「あっ、あぁ、レオン……やぁん」

躰がズキズキと疼き、優美は自分のほうから腰を突き上げてしまいそうだった。

「君は素晴らしい感度をしている。いや、私たちの相性がいいんだろうな。さあ、言ってごらん――私になら何をされてもいい、すべてを許します、と。そうしたら、君の欲しいものをあげよう」

レオンはいったい何を考えているのだろう？

優美はずっと彼のことが好きだ、愛して欲しいと言っている。それは何をされてもいい、彼にはすべてを許している、ということと同じではないか。

だがそんな思いとは別に、快感に引きずられてなんでも言ってしまいそうだ。

反面、心の隅に不安があるのもたしかだった。

レオンとは人として深く知り合う前に、男と女として深く繋がってしまった。それは優美にとって、青天の霹靂とも言うべき事態なのだ。

混乱する優美の決断を急かすように、レオンの指が激しく動いた。

今度は持ち上げた足首にまで唇を押し当て、舌先で舐め上げる。極上の快感にこれ以上の抵抗は不可能だと知る。

優美が官能の海に落ちる寸前、レオンにより引き戻された。

「返事がまだだよ、ユミ。それとも、まだ私にすべてを与える覚悟はない、と言うことかな？」

「そんなこと……覚悟なら、あります。レオンになら、何をされてもいい……とっくに、すべて許しているのに……」

「この状況で聞きたかったんだ。嬉しいよ、ユミ。じゃあ、次はもう止めないから、思いきり気持ちよくしてあげよう」

とたんに激しい抽送が始まり、優美の肢体は揺さぶられた。

荒々しい律動に指先の愛撫まで加わり、何度も寸前まで達していた躰は、あっという間に絶頂まで昇り詰める。

「あ、あ……あっ、レオ……レオン、もう、もう……あぁぁーっ！」

彼の激しさに天蓋まで揺れて見える。

涼やかな顔つきが一変して、レオンは苦悶の表情で眉根を寄せていた。奥歯を噛みしめ、大粒の汗を顎から滴らせている。

（こんなに、必死にわたしを求めてくれてる？）

優美がそう思った直後、彼女の躰に何度めかの快楽の高波が押し寄せた。

「あっんっ、やんっ！　やだ……また、あ、あ、あ……あぅ、んんーっ!!」

「ユミ……わたしも、だ……一緒に」

右脚が肩から外され、レオンの身体が彼女の上に倒れ込んでくる。ふたりは本能のままきつく抱き合った。

それは隙間もないほどの抱擁で……同時に、レオンの放った新たな迸《ほとばし》りを、優美は懸命に受け止めたのだった。


瞼に朝の光を感じる。

そう思いつつ、優美は心地よい温もりを手放すことが惜しくて、微睡《まどろみ》から目覚められずにいた。

だが、温もりのほうがゴソゴソと動き始める。

「ユミ……ユミ、もうそろそろ、起きてくれるだろうか?」

耳の奥まで蕩けるような甘い声が響く。それはあまりにも危険で、うぶな官能まで目覚めさせてしまいそうな声だ。

優美は躰の芯が溶けてしまいそうで、慌てて内股を擦り合わせた。

(やだ、もう、レオンの意地悪……って、あれ?)

そのときようやく、優美は自分が眠っていたことに気づいたのだ。

昨夜、レオンと本格的に結ばれてしまった。ベッドに移ってからの彼は、とてもしつこく……いや、情熱的に優美のことを愛してくれた。

何度も何度も優美を高みまで昇らせて、絶頂に達する寸前で引き戻されたのだ。セックスが最初からこんなに悦びに満ちていていいのだろうか。ひょっとしたら、自分は相当エッチなのではないか、と優美は心配になる。

(相性がいい、とかレオンは言ってたけど……初めてって言うのも、嘘じゃないかって思われそう)

いろいろ考えているうちに、優美の意識はふたたび落ちそうになる。

だがそのとき、頬に熱い唇を感じた。

「おはよう、ユミ。もう九時だよ」

日本語でも英語でもない言葉が耳に飛び込んできて、優美はハッと目を開けた。

「レ、レオン？　どうして？」

「もう二度と、君をひとりでベッドに残すようなことはしたくなかった。だから、一緒に眠ったんだ。ああ、そうだ、女性にベッドの中で『おはよう』を言うのは初めてなんだよ、信じてもらえるだろうか？」

満面の笑みで告げられ、優美は一瞬絶句する。

「……そ、そんな、嬉しいことを言っても、信じませんから」

「なるほど、嬉しいと思ってくれるんだ」

レオンが肘をついて横向きになり、直後、シルクケットが捲れ上がった。

朝陽を浴びた彼の裸体を目の当たりにして、優美は目がクラクラする。これ以上ないほど親密なことをした仲なのに、どうしようもなく恥ずかしい。

懸命にシルクケットを手繰り寄せ、優美は自分の顔を覆うが……。

「ユミ、ひとり占めはあんまりだ。私だって恥ずかしいんだよ」

レオンは身体を起こして座り込み、クスクス笑いながら続ける。

「せめて、レセプションフロアのアポロン像のような腰巻きが欲しいかな」

その言葉に好奇心が芽生えてしまい、そっと顔を出して彼をみつめてしまった。大理石のアポロン像より光沢があって、思わず触れたくなるような腹筋をしている。

腰骨の辺りも堪らなくセクシーで……視線を下げたその部分は、ヴァチカン美術館のアポロン像とは比べものにならないほど雄々しかった。

（やだ、どうしよう、わたしのせい？　なんとかしなきゃ、レオンが困る？）

優美が軽くパニックに陥ったとき、レオンが近づいてきた。

彼女のほうに手を伸ばし、シルクケットを剝ぎ取ろうとする。

「レ、レオン……朝からそんなっ!?　でも、あの、すぐに……終わりますか？」

覚悟を決めて応じようとした瞬間、弾かれたようにレオンが笑い始めた。

彼は優美に抱きつき、息も絶え絶えといった様子で笑っている。

「ど、どうか、しました？」

「ユミ、君は本当に愛らしい。できるなら、今日は一日中ベッドで過ごしたいところだが、さすがにこんなところを支配人や女性スタッフには見せられない」

レオンに安斎や響子のことを言われて、やっと異常事態に気がついた。

優美を起こすとき、もうすぐ九時と聞こえた。だが昨日の説明では、朝八時にトップスイートのダイニングに朝食が用意され、レオンと一緒に食べることになっている。

（もう起こしにきたあと、ってこと？　ど、どうすればいいのっ⁉）

焦りまくる優美とは違って、レオンは実に落ちついた口調だ。

「午前中のスケジュールを変更しておいた。キョウコなら、九時半に君を迎えにくるだろう」

あと三十分ちょっとしかない。

そう思うとジッとしておられず、優美は慌ててベッドから下りようとする。

「待ちなさい、ユミ！」

肌触りのいいシルクケットが優美の肩から胸を順に滑り落ちていく。真珠のように艶めく肌が見る間に露わになった。

所々赤く見え、優美はそれが朝陽のせいだと思ったが……昨夜の名残だと知るのは、シャワーを浴びたあとのこと。

慌ててベッドに戻ろうとしたが、今度は太ももに力が入らず足がもつれてしまう。

「……きゃ」

短い悲鳴を上げて倒れそうになったとき、レオンが彼女の身体をシルクケットで包み込むようにして、ゆっくりと抱き上げた。

「朝から私を誘惑するなんて、いけない子だね」

「違い……違い、ます。わたし、わたしは、そういうつもりじゃなくて」

「わかってる。さて、このまま君をゲストルームまで連れて行ってあげよう。ああ、それから……私が君を求めていることは否定しないが、コレは〝朝勃ち〟というヤツだ。プリンスといえども、下半身は普通の男なんでね」

レオンの説明を聞いて、優美は真っ赤になる。

（朝……朝……って、やだもう。レオンの日本語って達者過ぎると思う）

恥ずかしさのあまり、彼の胸に顔を埋めてしまう。

男性の生理現象を知らないわけではなかったのに、早合点してとんでもないことを言ってしまった。

今に始まったことではないが、いい加減、レオンも呆れているのではないだろうか。

「君はなんて楽しくて可愛らしいんだろう。私は自分がこんなに笑える人間だとは、思ってもいなかった」

「あの……早とちりにもほどがある、とか……怒ってませんか？」

「まさか！　むしろ、こんなにまで純粋な君を、誤解で傷つけた自分自身に怒りを感じている」

レオンの腕の中はこの上なく安心できる。このときばかりは称号も何もかも忘れ、優美は心と身体が結ばれた幸福に酔い痴れていた。

☆　☆　☆

不安が喜びに変わってからの数日間、トップスイートはふたりにとって、まさしく〝スウィートルーム〟だった。

アディントン・コートのあらゆる場所で取材や撮影が行われたが、そのすべてにレオンが付き添ってくれた。

レオンの姿は深窓の姫君を守る騎士みたいだと噂され……。しだいに、彼女の立場は〝姫君《プリンセス》〟ではなく〝王子妃《プリンセス》〟のようだと、優美の耳にまで聞こえてくるほどになる。

そんな五日目の夜、優美が連れて行かれたのは、空の散歩だった。

白地をベースにしたドット柄のワンピースを着せられ、同じブランドのハイヒールを履かされた。ドイツの有名なブランドだと言う。今日までに、欧米中の有名ブランドを次々に着せられているのだが、優美には高級過ぎて今ひとつ実感が湧かない。

ただ、これだけは間違いないと思ったことがひとつある。

(本物のプリンセスも、こんなにとっかえひっかえ着替えさせられてるの？　人の注目を浴びるわけだから仕方ないのかもしれないけど、でも、これは大変だって)

その日、六度めの着替えを終え、優美が連れて行かれたのは屋上だった。

アディントン・コートの屋上にはヘリポートがある。

当初、オーナーであるレオンが多忙なため、空港とホテルの移動時間が短縮になれば、という理由で設置された。だが、せっかくあるのだから有効利用したほうがいい、と言うことになり……。

「まさか、この企画でヘリに乗れるなんて！」

アディントン・コートでは宿泊客向けに、ヘリコプタークルーズや空港までの送迎がオプションで選べるという。

飛行機に乗るチャンスは意外とあるが、ヘリに乗るチャンスはそうそうない。

もちろん、ヘリコプタークルーズというプランがあることは以前から知っていた。だが、ヘリコプターと聞くだけで『高そう』と思ってしまい、さらには『恋人や夫婦で乗るもんだよね』と尻込みしていたのだ。

「ユミはヘリに乗りたかったのか？」

「夜景クルーズなんてロマンティックじゃないですか。でも、恋人もいなかったし、ひとりじゃロマンティックも何もないですからね」

優美は控えめに笑う。

すると突然、レオンが耳にセットしたインカムを外し、優美のほうへ身を乗り出してきた。

「それなら今度はふたりで飛ぼう。ああ、だが、日本だと書き換えが必要だな」

耳の傍に顔を寄せ、彼女にだけ聞こえる声で言う。

「ふたりで……ですか？」

「ヘリのプライベートライセンスを持ってるからね。固定翼がいいならセスナも飛ばせる。海に行けば、ヨットやクルーザーも思いのままだ。どこでも、ふたりきりになれるよ」

「……」

なんと答えたらいいのだろう。

はしゃいだ声で『わあ、素敵』と言いたいが、それよりも『今度』があるのかどうか、尋ねてみたくなる。

（でも、尋ねたらそこで終わり……って感じがして、怖い）

優美は少し考えたあと、自分のインカムをずらし、レオンのほうに顔を寄せた。

「えっと……レオンが一緒なら、わたしは空でも海でも、ついて行きます」

無理やりはしゃぐことはできなくて、だが真面目な思いを口にする。

ところが、あっという間にレオンの表情が変わった。

欲情の熱に苛まれる男の顔――優美がそう思ったとき、レオンはパイロットとSPの目を盗んで彼女の手をそっと握りしめた。

ヘリは最大七人が乗れるサイズだが、クルーズ用に内装を変えてあるため、パイロットを除くと四人分の席しかない。今回はパイロットの隣にSPがひとり同乗しているだけだった。

「君は私を狂わせる女性だ」

熱を孕んだ低い声は、優美の下腹部に甘い疼きを誘う。

「空でふたりきりは危険かもしれない。クルーザーにしよう。あれならアンカーを下ろせば、危険はないし……船室にはベッドもある」

もはや、東京の夜景を見るどころではなかった。

窓の外に見える無数のダイヤモンドのような輝きが目の端を掠める。

だがそれ以上に、キラキラした濃いサファイアの煌めきを見せるレオンの瞳に、優美は吸い寄せられてしまい――。

ヘリポートのある屋上から、トップスイート専用のエレベーターに乗り込む。

ふたりを待っていた安斎や響子に向かってレオンは、『ここまででいい』と短く言い放った。

エレベーターで下りるのはたった一階分だけ。扉が閉まって十秒とかからず、ふたりは三十七階に到着するが……。

「待って、ください……これ以上は、部屋に戻ってか……ら、ん、んんっ」

屋上階の扉が閉まるなり、レオンは優美を抱きしめ、口づけた。

そのキスだけで十秒など過ぎてしまう。三十七階で扉が開き、そして閉じてからもふたりのキスは続いている。

初めてこのエレベーターの中でキスされたのは、滞在三日目のことだった。

優美は監視カメラに映るのではないか、と慌てたが……。

『トップスイートの利用客は公賓レベルのＶＩＰに限定されるだろう。プライベート優先で専用エレベーター内もエントランスまでの通路も、警備室に繋がるカメラはない』

もちろん全くないわけではない。エレベーター前のフロアや通路には数台のカメラが設置されており、トップスイートの中からモニターできる仕様だ。

誰も見ていない、そうわかっていても、やはり公共の場という意識がある。

だが、レオンはおかまいなしだった。

「ね、レオン……お願いだから、手を……放して」

「それは、私には触れてほしくない、と言ってるのか？」

「そうじゃないです。そうじゃなくて……」

「だったらかまわないはずだ。ヘリからずっと我慢してたんだぞ。ふたりきりなら、きっと空の上で襲っていた」

まるで駄々っ子のようだ。

（ふたりきりのときに襲われたら、墜落しちゃいますって！）

優美はそんな言葉を呑み込む。

その間もレオンの指は優美の身体をなぞり、ワンピースの裾をたくし上げてショーツを引き下ろしていく。

「あっ……やだ、待って……あ、ぁん、やぁんっ」

レオンの掌がヒップを撫でる。

そして少しずつ、彼の指先が割れ目を辿り蜜窟の中に押し込まれていった。

「まだ、あまり濡れてないな。エレベーターの中だと怖いかい？」

優美は考えながらうなずいていた。あらためて思えば、自分たちは三十七階にいるのだ。その高さで足の下が空洞だと思うと、さすがに怖い。

「じゃあ、壁に手をついてジッとしていなさい。暴れるのはよくない。エレベーターに余計な負荷をかけることになるよ」

さらりと恐ろしいことを言って、レオンは優美の背後に回った。そのまま床に片膝をつき、ワンピースを腰の上まで捲り上げる。

「きゃっ！　レ、レオン⁉　何をする……ぁふ、あぁんっ」

後ろから媚肉を摑むと左右に押し広げ、レオンは無防備になった秘所に吸いつく。

優美は驚いて腰を前に引くが、レオンは不服そうに声を上げた。

「もっとちゃんと濡らして、よくほぐしておかないと。君につらい思いをさせたくないんだ」

「そ……んな、シャワーも浴びて……ない、のに……あぁっ！」

ふたたびレオンの口が押しつけられ、ぬるりとした感触に優美は頤を反らした。

温かい舌が花芯を舐め、味わうように蜜を啜る。そのまま全体に舌を這わせ、ふたたび、敏感な部分を重点的にしゃぶり始めた。

「あぅ……はぁっ、あ、あぁ……そこ、ダメで、す」

壁に手をつき、顔を押しつけるようにして快感に耐える。

愉悦に震える優美の太ももを摑み、レオンは舌を蜜窟の内側に押し込んだ。浅い部分を舐られ、腰から砕け落ちそうになった。

「やっ……も、う……立ってられな……い、レオ……んんっ」

「立っていられないなら、私が支えよう。ここに――押し込むものが必要だな」

口淫から自由になり、泣きそうなほどの快感から優美はひと息ついた。

直後、彼の立ち上がる気配がして、今度は別の悦びが躰の奥に押し込まれる。長い指先が膣内《なか》で蠢くのを感じる。舌では届かない場所まで掻き回され、狭いエレベーターの中にグチュグチュと羞恥の音が広がった。

「はぁうっ！　そ、そんな、指で……奥、回しちゃ、やだぁ……あ、あぁ、やぁんっ」

泣きそうに喘ぐ優美の耳元で、レオンの荒い息遣いが聞こえてくる。

「横を見てごらん。鏡に君の恥ずかしい姿が映っている」

促されるまま、エレベーターの奥、扉の正面に設置された鏡に目を向けた。

そこに映っていたのは――真っ白いヒップをレオンに向かって突き出し、蕩けそうな表情をしている自分の顔。そしてその彼女の秘所にそそり勃つ欲棒を押し当てる、挿入寸前のレオンの姿だった。

彼の顔もこちらを見ている。切なげに目を細めて、フッと笑った。そして優美の膣内から引き抜いた指を自分の口元に寄せ、ペロッと舐めて見せたのだ。

そんな彼の仕草に、優美は全身がカッと熱くなる。

「指だけじゃ足りないだろう？　もっと奥まで届くモノで、君を支えてあげよう。いいね？」

「も、もっと……って、あの、ここで？　そんな……あぁん、や、やだ、あぅっ！」

レオンは優美に覆いかぶさるように、ズズッと肉の猛りを挿入してくる。それはふたりの熱が絡み合い、繋がっていく瞬間だった。

初めて目にする場面に、優美の鼓動が激しいリズムを刻む。

「ほら、美しい花が開く瞬間だ。入っていくのがわかるだろう？」

「……ん、レオンで、いっぱいになってる。気持ち……いい。レオンも……気持ち、いいですか？」

優美は懸命に後ろを振り返りながら尋ねた。

そんな彼女の頬に手を添え、唇を重ねながらレオンは呻《うめ》くように答える。

「気持ちよ過ぎて、私はおかしくなってしまいそうだ。いや、もうなってるのかもしれない。好きだよ、ユミ」

「嬉しい……わたしも、好き……大好きで……あ、あっん、あ、あ……」

腰を掴まれ、激しい律動が始まった。

太く熱い杭を穿たれ、倒れることもできず優美の身体は揺らされ続ける。

いつの間にか、そこがエレベーターの中であることも、足下に果てしない空洞があることも忘れていた。

そして、レオンの熱情が果てるまで、優美は嬌声を上げ続けたのだった。

☆　☆　☆

「ユミ、本当は怒ってるんじゃないか?」

エレベーターからトップスイートまでの通路を歩きながら、レオンは三度目の問いかけをした。

優美は彼の腕に抱き上げられたまま、「いいえ、怒ってませんよ」と答えてくれるが、レオンはそれでも不安を拭いきれない。

この企画がスタートして丸五日が経った。日を追うごとに優美への熱情は高まるばかりだ。

だが、どう考えてもこの状況は、安斎をはじめスタッフに気づかれているだろう。しかし、企画が無事に終わるまでは、公表するわけにはいかない。

(だから少し控えるべきなのだが……)

彼女は無意識でレオンの欲する言葉をくれる。そうなると自分では止められなくなり、エレベーターの中でのようなことになってしまうのだ。

レオンはずいぶん長い間、衝動とは無縁の生活を送っていた。それが今は、自分の中のブレーキが壊れてしまったとしか思えない。対処法もわからず、反省してはまた、優美の無邪気な誘惑に突き動かされてしまう。

優美はそんなレオンを責めることなく、今も、彼の胸にそっと頬を押しつけてくるだけだった。

「明るい君が無口だと不安になるんだ。君に嫌われたら、と思ったら……本当に怒ってないかい？」

「やだ、もうレオンったら。本当のわたしは、男の人が相手だと無口なんですよ。レオンだと、なぜかいろいろ話せるんですけど」

頬を桜色に染め、照れたように笑う彼女はなんと奥ゆかしいのだろう。

大仰なほど『あなたは素晴らしい』と連呼する女性たちより、彼女にとってレオンは特別なのだと思わせてくれる。

レオンがようやくエントランスに足を踏み入れたとき、腕の中の優美がチラッとゲストルームのほうを見た。そして、彼のスーツをギュッと握ったのである。

離れなくてはならない、だが、離れたくない——そんな優美の気持ちが手に取るようにわかった。

それは奇《く》しくも、彼自身が同じ気持ちだからで……。

「このまま、バスルームに直行しよう」

優美の返事も聞かず、レオンはゲストルームの前をさっさと通り抜けた。

メインのベッドルームの奥にあるバスルームは、一見した造りはヴィクトリアン風の内装になっている。豪華なドレープのついたカーテンで壁面の二分の一を囲み、中央には白い陶器製のバスタブが置かれ、シャンデリアまで吊るされていた。

だがカーテンを開ければ、天井から床面まではめ込まれたガラス窓が現れる。そこには、ヘリから見下ろすのと遜色ない夜景が広がっていた。

初めて優美とふたりで入ったとき、彼女は感激したようだった。

はしゃいだ彼女の声がもう一度聞きたい。レオンはリビングを横切りながら、そんな思いで優美に語りかける。

「またふたりで一緒に…………誰だ!?」

背後に人の気配を感じ、彼はとっさに誰何《すいか》した。

すると、リビングのソファに我が物顔で横たわる男がひとり――。

「お言葉だよなぁ。プリンセスといちゃついてるおまえに代わって、せっせと働いてやってる従弟に礼もなしか?」

「フレデリック！　おまえ、いつの間に……」

どうしてこの男がトップスイートのリビングに現れたのか、一瞬理解できず、レオンはそれ以上の言葉が見つからない。

だが、優美の身体をジロジロ見ながら思わせぶりに笑うフレデリックの顔を見た瞬間、レオンは立ち直った。

すぐさま彼女を床に下ろし、自分の背後に隠す。

「私の代わりなど頼んでいないし、そもそも、自分の仕事はきちんとこなしている。礼を言う必要はないだろう？　他に用がないなら、出て行ってくれ」

「ネブラスカ州まで伯父上たちを迎えに行ってきたんだぞ。企画の最終日、明後日のオープンパーティには国王夫妻にも出席していただくんだろう？　ひょっとして、忘れてなかったか？」

「……」

レオンは返答に詰まった。

そう言えば、イベントをより本格的なものに仕上げるため、最終日には国王夫妻にプリンセスと謁見してもらう予定だった。日本国内の仕事は睡眠時間を削ってでも、どうにかこなしていたが……。

両親を招くための、プライベートジェットの手配はすっかり忘れていた。

「わかった、その点は礼を言おう。だが、おまえ自身が迎えに行く必要はなかったと思うんだが」

プライベートジェットの手配さえ済ませれば、両親は勝手にやって来るだろう。それをわざわざ迎えに行ったとなれば、他に何か別の思惑があったに違いない。

となれば、それはおそらく優美との関係だ。すぐにも問い質したいが、彼女の前で生々しい話は避けたかった。

だが、そんなレオンの思いをよそに、フレデリックはとんでもないことを口にしたのである。

「俺が気を利かしていつものホテルに案内しなきゃ、おふたりともここに来てたんじゃないか？　そうなると、当然、エレベーターの情事も……」

「よせ、フレデリック!!」

とっさに止めるが、レオンの背後でヒュッと息を呑む音が聞こえた。

「じゃあ……さっきのこと、全部、見られて……」

「それは絶対にない！　あのエレベーターにカメラはついてないんだ。私たちのことは誰にも見られていないから、心配しなくていい」

すぐに振り返り、小刻みに震える優美の両肩を掴んで宥《なだ》めるように言う。

そんなレオンと優美の様子を目の当たりにして、フレデリックは尻上がりに下品極まりない口笛を吹いた。

「と言うことは、見られて困るようなことをしていたわけだ。まあ、扉が開いたとき、熱烈なキスシーンは見えたからね。あの先となると……」

「やめろと言ってる！」

「どうして？　俺はここで三十分も待たされた、と言ってるだけさ。この階に止まったエレベーターの中から降りてくるだけで、ずいぶんと時間がかかったもんだ」

フレデリックの口を力尽くで止めようとしたとき、優美が身を翻した。

レオンは慌てて彼女を追う。エントランスで捕まえた瞬間、優美の頬に涙が伝い……レオンはフレデリックに対する怒りで頭に血が上った。

「すみません……わたし」

「君が謝ることではない。ユミ、どうかゲストルームで待っていてほしい。奴を追い返したら、すぐに迎えに行くから。どこにも行ってはダメだ」

「やだ……わたしひとりじゃ、エレベーターが動きませんから。どこにも行けないです」

そう答えると、彼女は泣きながら微笑んだ。


優美がゲストルームに入るのを見届けたあと、レオンはリビングに戻る。

ソファに腰かけたまま大欠伸《あくび》をしているフレデリックの襟首を摑み、引きずるようにダイニングのほうに連れ込んだ。

「ちょっ……ちょっと、待て！　俺はただ、おまえのことを思って……」

中に入るなり、彼は怒声を上げた。

「ふざけるなっ！　元はと言えば、おまえのせいなんだぞ。おまえが余計なことを言ってくれたせいで、私はさんざんな思いをさせられたんだ!!」

フレデリックのひと言が発端となり、レオンは優美を誤解して傷つける羽目になったのだ。

あのときのことは、思い出すだけで冷や汗が出てくる。

だが、フレデリックには別の考えがあるようだ。恐縮するどころか、呆れ返った顔つきでレオンを見ている。

「参ったなぁ。こうなるんじゃないかと思って、おまえにふさわしい相手を決めてやってたのに。俺が日本を離れたとたん、あの〝娼婦《ポルニ》〟をプリンセスに選んでベッドに引っ張り込んでるとは」

そこまで聞くのが限界だった。

わざわざフォルミナの言葉を使って優美を侮辱したのだ。そのフレデリックの胸倉を摑み、拳で殴りつける。

「ユミはおまえの選んだ八番目の候補者じゃない！　取り替えたドレスのせいで、おまえが勘違いしたんだ。おかげで私は――」

レオンの説明を聞き、フレデリックもその点は納得したらしい。

だが、ダイニングの椅子に手をかけながら立ち上がり、尚も不満そうに言い放った。

「どっちにしても同じじゃないか。会ったその日にプリンスのベッドに飛び込んだ女だ。おっと――暴力は反対だ。よっぽど日本女性の身体が気に入ったらしいが、俺の言うことは認めるだろう?」

フレデリックは畳み込むように言いながら、両手を挙げてレオンに降参のポーズを取る。

彼の言いたいことはわかる。だが『会ったその日に』と言うなら、レオンも同様だ。

『会ったその日に』なんの調査もせず、トップスイートに呼んでベッドに引っ張り込んだ。

そこまで言うかどうか少し躊躇《ためら》い、思いきってレオンは口を開いた。

「私は……彼女の純潔を奪ってしまった」

「なっ⁉ じゃあ、まさか、その責任を取って、とか考えてるのか?」

「馬鹿を言うな。責任など取るつもりはない」

優美との関係はすでに、『責任』などと言った他人行儀な言葉で済まされるものではない。もっとロマンティックで運命的なものだ。

レオンはそこまで口にしようか迷ったが、フレデリックがホッとした顔で「まあ、それもそうか」と独り言のように呟いたため、それ以上は言えなくなる。

ところがその直後、フレデリックは顔を強張らせて付け足した。

「だったら大きな問題が生じる」

「どんな問題だ？」

「エレベーターの中でちゃんと〝オーバーコート〟はつけたのかな？　お堅いプリンス・レオンがスーツのポケットに常備してるとは思えないけどね」

彼の言う〝オーバーコート〟とは、フォルミナで使われる隠語で〝コンドーム〟を指す。

痛いところを突かれて、レオンは黙り込んだ。

「万一のときはどうする気だい？　素人に手を出すと、その辺りが一番厄介なんだ。おまえだって慎重にしてきたはずなのに……」

「そうなっても、とくに厄介なことにはならない」

「どうしてそう言える？」

「彼女は〝私になら何をされてもいい、すべてを許します〟そう言って応じてくれた。万一のときは、私の希望に従ってもらう。――それだけだ」

レオンの言葉に、フレデリックは何も言わず、両手を挙げたまま首を左右に振る。

最終選考会のときはともかく、トップスイートのリビングで二度目に結ばれたとき……あれは不可抗力だった。すぐに事後避妊の処置を施せば、と思ったが、泣きながら縋ってきた優美を見て気が変わった。

これまでベッドのパートナーに経験の少ない女性を選んだことはない。どうせ一夜のことだと、たいして気にも留めなかった。

だが、優美は別だ。

思えば最初から特別だったからこそ、フレデリックの告白を聞いたとき、信じられないほどの怒りを覚えた。

一夜どころか一週間でも足りない。この先数千の夜をともにしたい女性。レオンは生まれて初めて、過去までも独占したいと思える女性に出会ったのだ。

結婚はレオンに与えられた必須課題ではない。

フォルミオン王家はもともと、フレデリックのサンドストレーム王家の傍流にあたる。フォルミナ王国があればこその後継者だ。今のレオンに後継者は取り立てて必要なものではなかった。

むしろ、アディントン家を継ぐのであればそちらの後継者が必要かもしれない。だが、王家と違って何がなんでも血縁で繋ぐ時代ではないだろう。

両親がレオンの結婚を望むのは、ひとり息子の幸福を願って、ということに違いはないが……一番は孫の顔を見たいがためだ。

（フレデリックの思惑に乗じて、本物のプリンセス探しを兼ねたと言うなら……孫の母親が日本人でも問題はないはずだ）

優美はレオンに〝すべてを与える覚悟〟はあると答えた。

以降、避妊に関してはなんの策も講じてはいない。

(あえて、ユミに確認する必要などないだろう。なんと言っても彼女は、私を人生で初めての男に選んでくれたのだから……。それに、今日の午前中もとても嬉しそうだった)

午前中に体験したチャペルウエディングで、優美はアディントン・コートオリジナルのウエディングドレスを着用した。

レオンもフロックコートを着て彼女の隣に立ちたかったが、宗教的な問題から断念せざるを得なかった。

優美の美しいドレス姿は、思い出すだけで少年のように胸がときめく。

レオンが大きく息を吐いたとき、リビングから物音が聞こえた気がした。扉をきちんと閉め忘れたかもしれない。そのことを確認しようとしたとき――。

「わかった、わかった。おまえがそこまで言うなら、俺はもう何も言わない。でも、伯父上の泊まってるホテルまで行って、挨拶くらいして来いよ」

フレデリックに言われ、レオンの足が止まる。

明日はさすがにオープンパーティ前日、レオンも優美につきっきりとはいかない。それに、夜には優美の家族を招いて夕食会を行い、そのまま階下のスイートに一泊してもらう予定だ。

（誰にも邪魔されずに楽しめるのは、今夜が最後と思っていたんだが……仕方ない）

「では挨拶に行って来よう。但し、おまえも一緒に来るんだ。それから、専用エレベーターのカードキーは返してもらうぞ」

リビングに感じたかすかな気配など、すでにレオンの意識から消え去っていた。

第七章　永遠のプリンセス

『馬鹿を言うな。責任など取るつもりはない』

その声を聞いた瞬間、優美の心は凍りついた。

レオンの様子が気になり、彼らのあとなど追わなければよかった。そうすれば、レオンの本心を知ることなく、幸せな気持ちのまま終わらせることができたのに。

だが、知ってしまったら……。

優美はゲストルームに戻り、扉を閉めて鍵をかける。そのまま崩れ落ちるように座り込み、直後、一気に熱いものが込み上げてきた。

止め処なく涙が頬を伝う。

フレデリックは盛んに〝万一のとき〟を案じていた。そんな彼にレオンはきっぱりと言ったのだ。

『万一のときは、私の希望に従ってもらう』

彼らの言う〝万一のとき〟とは、おそらく妊娠のこと。

香奈も心配していたが、最初のときはそんな事態にはならなかった。トップスイートに泊まるようになってからは、すべてレオンに任せておけばいい、と思ってきた。

もちろん、レオンしか知らなくても、あのときにコンドームをつけていないことくらい優美にもわかっている。だが、レオンは無責任な人間ではない。何もしないと言うことは、彼なりに何か考えているに違いない、そう信じたかった。

愛していると言葉にして優美を抱くことで、肉体の欲望が本物の愛情に変化したのかもしれない。

都合のいい幻想と知りつつ、いつの間にかそんな夢を見てしまっていた。

だが、レオンの希望と言うのはなんだろう？

思わず、最悪のことを想像してしまい、涙がさらに溢れてくる。

——コンコン。

ふいに扉をノックされ、優美は息を呑んだ。

「ユミ……ユミ？　そこにいるんだろう？」

返事をして出るべきだが、こんな泣き顔を見せるわけにはいかない。返事をしても、きっとレオンが不安になるような声しか出ないだろう。

そう思い、優美はギュッと口を閉じる。

「私の両親が来日してね。非公式だが、儀礼的な挨拶に行ってくる。帰りは遅くなるかもしれない……ユミ？」

しばらくすると、「シャワーだろうか、メッセージを残して行こう」そんな呟きが聞こえ、ふたり分の足音が遠ざかっていく。

エントランスから外に出る扉が閉まり、そこから先は何も聞こえなくなった。

できることなら彼を追いかけて、『行かないで』と言いたかった。オープンパーティが終わっても、日本に来たときは会ってほしい、と。

泣いて縋れば……ベッドの上でお願いすれば、男性は女性の願いを叶えてくれるものだろうか。

だが、優美にそんな真似はできそうにない。

「レオン……レオン……こんなに、好きなのに……」

彼女は扉に縋りつき、レオンに聞こえないように、ただ泣くだけだった。


どれくらい、そこに座り込んでいたのだろう？

やっと涙も止まり、優美は顔を洗ってこようと立ち上がる。そのとき、エントランスの扉が開く音が聞こえた。

（え？　まさか……だって、いくらなんでも三十分も座ってなかったと思う）

優美は驚いてもう一度耳をすませる。

その直後、扉がノックされ……彼女はノブに飛びつき、鍵を開けていた。

「レオン⁉」

何かを考える前に、レオンの名前を呼んで扉を開く。

だが、そこに立っていたのは、

「ごめんね、俺で」

プリンスはプリンスでも、ヒュランダル王国のプリンス——フレデリックだった。

初めて会ったバンケットルームは薄暗く、目立つ白銀の髪しか覚えていない。リビングではろくに顔も見なかった。

あらためて正面から見ると、さすがにプレイボーイで名高いプリンスらしく容姿端麗なのは間違いない。さらには、雑誌やテレビ画面を通して見るより、浮ついた印象は軽減されている。

（どっちにしても、レオンのほうがカッコいいけど……）

こんなときでも、優美の中ではレオンが一番なのだ。そんな自分をほんの少し愚かだと思った。

優美は必死で涙の跡を拭いながら、フレデリックに頭を下げる。

「いえ……先ほどはご挨拶もできなくて、申し訳ありませんでした。あの……何かご用でしょうか？」

彼の顔も見ず、うつむいたまま尋ねたのだった。

フレデリックはそんな優美の顔にいきなり触れ、顎を下からクイッと持ち上げる。慌てて払い除けようとする優美に彼が言った言葉は……。

「プリンセスが盗み聞きなんて、よくないなぁ」

「どっ、どうして、それを……」

「ナイショ話なんて聞かないほうがいい。ろくな話じゃないからね」

立ち聞きに気づかれていた恥ずかしさと、心の中を見透かされたような不快感。

フレデリックは柔らかな笑顔を向けているが、それも優美を見下しているように思えてくる。

彼から逃れるため、優美は顔を背けながら後ろに下がった。

ところが、フレデリックのほうも前に踏み込んできたのだ。彼はもう片方の手を優美の腰に回し、抱き寄せながらキスしようとする。

「いやっ！　放してください、わたしに、触らないで！」

「キスだけだよ。気に入ってくれたら、その先まで楽しんでもいいけど……今はレオンのものだからなぁ」

頬にフレデリックの吐息がかかった。

総毛立つ感覚に、優美は力任せにフレデリックを突き飛ばす。同時に、彼女自身も足がもつれて後ろに転んでしまう。

「イタタ……参ったな。そんなに奴のことを思っても、君のものにはならないんだよ」

彼は開いたままの扉からエントランスに転げ出てしまったようだ。床に座り込んだまま こちらをジッと見ている。

その目はより攻撃的で、優美を値踏みするような鋭いまなざしだった。

「君の純潔を奪ってしまった、それもこれもおまえのせいだって言われたけど……ホントかな？　レオンはこのホテルのオーナーで、君はプリンセス候補のひとりだった。そして君が選ばれた。目的がソコになかったと、どうやって証明する？」

「そんなこと……わたしは、そんなつもりじゃ」

「つもりじゃなくても、君はレオンに純潔を与えたんだろう？　しかも、日本人女性の肌の美しさは世界一だ。チラッと見えた君の素肌も、とても美しい。奴が夢中になっても無理はない。でも——それだけだ」

フレデリックのひと言ひと言に、優美の胸はズキズキと痛む。

「アディントン・コートがオープンすれば、レオンはすぐに日本を発つ。忙しい奴だから、この先は年に一度訪れるくらいだろうな」

覚悟はしていたが、こうして言葉にされるとつらい。

ようやく止まった涙がふたたび零れ落ちそうになるが、フレデリックの前では泣きたくなかった。

「でも、俺はしばらく日本に残る予定だから、いつでも慰めてあげるよ。処女にはこだわらない男だからね。今度は俺と遊ぼうよ」

「遊びじゃありません！」

優美は叫びながら立ち上がる。

「わたしは、レオンが好きだから……他に目的なんて……。それを、証明することはできません。でも、誰になんと言われても、恥じることはしてませんから！」

ひと息に言い、フレデリックの鼻先で思いきり扉を閉めた。

プリンセスになりたかったわけではない。ただ、レオンをひと目見たかった。ひと言でも声をかけてもらえたら、幸せだと思った。

そして実際に声をかけられたら、ますます惹かれて……誘われて、有頂天になってしまったことは否定しない。

だが、それは罪ではないはずだ。

頼んで言ってもらった愛の言葉は、現実を忘れるほど心地よかった。

何も知らなかった優美の躰は、しだいにレオンの愛撫に馴染んでいき——。

今の優美に最もふさわしい言葉は〝潮時〟だった。

☆　☆　☆

七日目の朝がきた。

八時半の開業に向けて、夜明け直後からホテル内には慌ただしい気配が広がる。そんな中、数人の手によって優美にも支度が施される。

淡いピンクのアフタヌーンドレス——絹のドレープが優雅なラインを描き、歩くたびに滑らかに揺れる。腰の辺りにはダイヤモンドをちりばめた飾りがあり、スクエアネックの胸元にも同じデザインのネックレスが輝く。

髪は丁寧に結われ、最後に飾られたのは、最終選考会のときにつけてもらった銀色のティアラだった。

レオンとは一昨日の夜に別れて以降、一度もふたりきりになれない。

誰かのせいとは思いたくないが、フレデリックがレオンの傍らにいるのはたしかだ。レオンは何か言いたげに優美を見るが、そのたびにフレデリックが目敏く察知して間に割り込んでくる。

優美は昨日のことを思い出していた――。

世界トップクラスのホテルのオープン前日となれば、オーナーの仕事は枚挙に暇がない。多忙を極めるレオンは午後からホテルを離れてしまい、顔すら見られなくなってしまったのだ。

唯一のよかったことと言えば、レオンがフレデリックを連れて行ってくれたことだった。そして夕方には母と祖母、香奈の三人がやって来て、優美はほぼ一週間ぶりに家族と顔を合わせた。

夕食は最上階のレストランでレオンも一緒に楽しみ、夜は優美の泊まったゲストルームに簡易ベッドを持ち込み、泊まってもらうという趣向だ。

これはあらかじめ決まっていたことではなく、レオンが『大事なプリンセスをお借りしたお礼』とあとから申し出てくれたことだった。

『優美ちゃんにお姫様が務まるのかって思ったけど、ずいぶん垢抜けて……母さんビックリしたわ！』

『前から可愛いって思ってたけど、本当に別嬪《べっぴん》さんになって！　おばあちゃんの自慢の孫だね』

ふたりとも感嘆の声をあげる。優美のことを褒めているようだが、どちらも『私に似て』と付け足していたので、言いたいのはそっちのほうらしい。

本物のプリンスに——それも、思いがけずふたりの王子様に囲まれ、母たちは年甲斐もなくご機嫌だ。

どうしてこうなったのかわからないが、この食事会にはフレデリックも同席していたのである。

『ホントーに、どの国のプリンセスにも負けないくらい、美人ですよねユミちゃんは。ヒュランダルに連れて帰っちゃおうかなぁ』

馴れ馴れしそうに『ユミちゃん』と呼ばれ、優美は複雑な気分だ。

だが母たちは、フレデリックの調子のいい言葉に『さすが王子様！　日本語のお世辞もお上手』などと言い、満面の笑みで応じている。

一方、香奈は長姉、彩恵のことを口にした。

『お姉ちゃんはお店があるから、やっぱり来られないって。すっごい残念がってたわ。でも、優美とプリンス・レオンのツーショットをお店に飾るとかはしゃいでたわよ』

彩恵は福岡住まいだ。結婚して夫の郷里に戻り、夫婦で料亭を営んでいる。自営は融通が利くように見えて、勤め人のほうが休暇は取りやすいのだ、と彩恵を見て学んだ。

『まあでも、妹が本物のプリンセスになるって聞いたら、お店休んで飛んでくるだろうけど……そういう予定はなし？』

香奈のひやかしに優美は懸命に笑った。

レオンは疲れているのだろうか。母たちの会話に笑みを絶やさず、言葉少なにうなずくだけだ。

時折、優美のほうも見るが……午前中のような思わせぶりな表情は消え、穏やかに微笑んでいた。それは優美の不安をさらに加速させていく。

そしてアディントン・コートで過ごす最後の夜、とうとうレオンはトップスイートに戻って来ず……。

優美は一睡もできないまま、夜が明けたのだった。


——ただいま一階にて、アディントン・コートのオープンを記念したテープカットが行われました。

ボーッとしていた優美の耳に、そんな館内放送が聞こえてくる。一斉に周囲から拍手と歓声が上がった。

テープカットは最初に行われるセレモニーだと聞いている。

場所はライジング・タワー一階のアディントン・コート入り口前、レオンをはじめアディントングループ本社や、業務提携を結んだ日本の会社の重役たちが顔を揃え、マスコミの前で華やかに行う。

さすがにイベント用のプリンセスに出番はなく、優美はレセプション階で響子とともにお客様が上がって来るのを待っていた。

「このお客様のお迎えとオープンパーティが終われば、とうとうイベントも終了ですね」

響子の口から独り言のような呟きが聞こえてくる。

「……そうですね。柊木さんにも、本当にお世話になりました」

「いえ、とんでもございません！　こちらこそ、本当にありがとうございました。イベントは終了いたしますが、優美様とは長いお付き合いになるような予感がして……あ、まだ何も聞いてはおりませんから！　そんな感じがすると言うだけなんですよ！」

優美が面食らうくらい、響子はむきになって釈明する。

しばらくすると落ちつきを取り戻し、彼女は感慨深そうに優美の顔をみつめた。

「そのティアラ、よくお似合いでございます」

そう言うとニッコリ笑う。

「ありがとうございます。最終選考会のときはすぐに外してしまったから……あ、そう言えば」

あのとき、少女にあげたティアラはどうなったのだろう？

今日、髪に飾られたものは非常に重く、デザインは同じだが材質が違うように感じる。

ダイヤモンドの輝きも、最終選考会のときとは比べものにならないほどキラキラして見えた。

優美はそのことは口にせず、少女のことだけ響子に尋ねる。

「あのときのお嬢様には、ご年齢にふさわしいプレゼントと交換させていただきました。それから優美様、今日のティアラは絶対に外さないでくださいませ！　泣いているお子様には、わたくしどもで対処いたしますので」

力強く言われ、優美はコクコクとうなずく。

響子の勢いには驚いたが……そう言えば最終選考会のドレスや子供の件、『内緒のトレーニング』とレオンは言っていた。優美が余計なことをしたせいで、レオンや安斎から叱られたのかもしれない。

そう思うと申し訳なくて、優美は謝ろうとしたが、そのとき、安斎が早足にやって来た。

「申し訳ございません、優美様。直ちにこちらまでお越しくださいませ！」

彼の慌てた様子に、優美もオタオタしてしまう。

（何があっても動じないような、落ちつき払った人だと思ってたのに……ひょっとして、わたし、何かした？）

一階ではテープカットに付随する行事が終わったころだ。

そろそろレオンと一緒にお客様も上がってきて、優美はイベントの仕上げに〝プリンセス・スマイル〟を振りまくことになっている。

それもせずに、どこかに連れて行かれると言うことは……。

「ああ、いえ、優美様に問題があるわけではございません。こちらの用事が済みしだい、レセプションフロアに戻っていただきます。――リュサンドロス国王ならびにルシール王妃が、優美様にお会いしたいとお待ちでございます」

国王と王妃が待っていると言われ、一瞬で優美の全身に緊張が走った。


安斎に付き添われ、オープンパーティが行われる二十八階に下りる。

優美が案内された部屋は、チャペルウエディングの体験をしたとき、彼女のために用意されたブライズルームだった。

（あのとき、レオンと一緒にバージンロードを歩けるんだって思ったのよね。でも、チャペルは無理だって言われて……）

ひとりでバージンロードを歩くのも格好が悪い。他の男性スタッフを代役に立てて、と言われたが、それにはレオンが大反対したのだ。

結果、チャペルウエディングの体験といっても、チャペルの中で写真を撮っただけで終わった。

そんなことを思い出し、優美はしんみりしてしまう。

ブライズルームはこぢんまりとした部屋だった。だが内装は花嫁の心をいっそう華やいだものにするため、格調高い本物のアンティークで揃えてある。中央に置かれた大きなソファも、土台にはウォールナット、張られた布は金糸を混ぜた絹のサテンというロココ様式の逸品だ。

その三人掛けのソファに、レオンの両親は座っていた。

オープンパーティでアディントン・コートのプリンセスとして国王と王妃に謁見する、という段取りは聞いていたが、その前にお会いするなど予想外だ。

こういうときこそレオンに傍にいてほしいが、彼はオーナーとして、今日ばかりは表舞台に立っていなくてはならない。

あと、優美が頼りにするのは響子だが……あらゆるお客様の要望に応えるためのコンシェルジュが、オープン当日にレセプションを離れるわけにはいかないだろう。

そのとき、国王が立ち上がり、優美に向かって歩いてきた。

国王の顔を間近で見て、レオンが父親似であることを知った。ゴールデン・ブラウニッシュ・ブロンドといい、紺碧の瞳といい、レオンの三十年後がよくわかる容姿をしている。

こんなときだが、『若いころはもてただろうな』と思ってしまう。

「君がミス・ユミ・ハルナだね。会えたことを大変嬉しく思っている」

堅苦しい言い回しに聞こえるイギリス英語《クイーンズイングリッシュ》だった。欧州王室の人々はイギリス英語を話すという。ほとんどが血縁で繋がっており、イギリスの王位継承権を持っていることも理由のひとつらしい。レオンも三桁の順位だが、そこに名前を記されているひとりだ。

世界のロイヤルファミリーに詳しいのも無駄にならなかったと思いつつ、優美は笑顔を浮かべた。国王の発音はとても正確でキチキチとしており、優美にも聞き取れる。会話する自信はないが、言われていることは理解できそうだ。

優美がホッとして胸を撫で下ろしたとき、ふいに抱きつかれた。

「ハーイ、ユミ！　私のことはルシールと呼んでね。ああ、なんて美しい黒髪をしてるの。ダイヤのティアラがとても映えるわ」

王妃の髪は茶色というより赤銅色だ。髪にボリュームがある上に背も高い。優美より十センチほど高いだろう。そのため、かなり大柄に感じた。

（ハグされると……小さな子供になった気がする）

国王に比べて王妃はハリウッド映画でよく耳にするアメリカ英語だった。早口なため、うっかりすると聞き洩らしてしまいそうだ。雰囲気もフレンドリーで王族という感じはし

ない。

それもそのはず、彼女は祖国を追われた若き国王と恋に落ちた結果——結婚してしまった女性だった。

当然、王妃になるための教育など受けたこともなく、欧州王室のしきたりなど何も知らなかったと笑っている。

今も、息子のレオンはプリンスと呼ばれてフォルミナの国民に愛されているが、国王のほうは〝国を捨てた〟というイメージが強いため帰国すらままならない。アメリカ人の王妃も同様で、彼女は王妃としてフォルミナの地を訪れたことがないと言う。

「だから、なかなか王妃らしくならないの。まあ、なる気もないから、かまわないのだけど。私もあなたと同じ、ただの一般人なのよ」

などと声高らかに笑っている。

(お、同じ、かな？　大富豪のご令嬢とは、違う気がする)

わかる限りの英語で答えるか、それとも無難に日本語で返事をするか……悩む優美の横から、安斎が声をかけてきた。

「通訳が必要であれば遠慮なくおっしゃってください」

「いえ、あの、聞き取れるんですが、ちゃんとしたお返事ができるかどうか不安で——レオン、いえ、レオニダス殿下には大変お世話になりました。国王様と王妃様にお会いできて光栄です――と伝えていただけますか？」

優美の言葉を安斎が伝えてくれた。

すると、国王は満面の笑みを浮かべ、優美の両手を握る。

「レオニダスの独身主義には困り果てていた。ところが昨日、信じられないことにオープンパーティで婚約者を披露すると言ってきたのだ。フレデリックはよい仕事をしてくれた。この企画は素晴らしい結果を生んだ。君にも心からの感謝を伝えたくて、時間がなかったがここに呼んでもらったのだよ」

頭の中できちんと訳せているのに、国王の言葉を心が受け入れようとしない。

優美は笑顔の仮面を顔に張りつかせたまま、足下が崩れ落ちるような感覚を味わっていた。

☆　☆　☆

レセプションフロアのどこを探しても優美の姿がない。

フロント係やベルマンを呼び止めて尋ねても、誰もわからないと言う。安斎の姿も見えず、動き回っていた響子をやっと捕まえ、レオンは優美の所在を知った。

「優美様は国王陛下に呼ばれて、支配人とともに向かいました。殿下はご存じなかったのですか？」

その答えに、レオンは頭を抱える。

「パーティはもうすぐだと言うのに、あの方たちはどうして待っていられないんだ」

「それは殿下が急に『パーティで婚約を発表する』と言い出されたからではありませんか？」

響子は呆れたと言わんばかりの顔をしてレオンを見上げている。

性急なのはわかっていた。だが、すべてはフレデリックのせいだ。

彼はホテルのスタッフから、レオンが優美に執着していることを聞くと、すぐさま両親に報告した。大切なひとり息子が、娼婦も同然の女性に夢中になっている。そう聞かされて、驚かない親はいないだろう。

一昨日の夜、儀礼的な挨拶に出向いただけのはずが……。

その件について追及され、レオンはこんこんと説教される羽目になったのだ。

だが、そうなれば当然レオンも必死で釈明する。優美の名誉に傷がつかないよう、彼女が無垢であったことまで話すことになり……ごく自然に両親はそれを婚約の報告と捉えた。

その後、浮かれた両親はフレデリックに何か言ったらしい。

『おまえ、とうとう結婚を承諾したって？　伯父上に感謝されたよ。ま、あとのことは俺に任せろって。悪いようにはしないから』

そう言われたとき、フレデリックの言葉にレオンは一抹の不安を覚える。彼がレオンのために何かしようとするたび、厄介な問題を引き寄せているせいだ。

フレデリックに『もうおまえは何もするな』と言おうにも、仕事が次々に入ってくるので時間が取れない。

唯一、ゆったりした時間を過ごせたのは、夕食のときだけだった。

しかし、優美や彼女の家族の前で、そんな込み入った話ができるはずもなく……。

第一、あのときのレオンは優美の存在に心を奪われていた。もっと傍にいたい、彼女に話しかけたい、その思いでひたすらみつめていたのだ。

ところが、押しかけてきたフレデリックのせいで、ほとんど彼の独壇場となってしまう。

(仕方がない。どうせ私は面白みのない男だからな)

拗ねるわけではないが、それがレオンの周囲の意見だ。

なんでもできることを鼻にかけ、人を小馬鹿にした態度で愛想もない、華やかな容姿とは裏腹に中身は杓子定規で面白みのない男だ、と。

優美はレオンを最高の王子様のように崇めてくれるが、それはマスコミが作り上げた虚像にすぎない。

実際の彼は——些細なことにも神経を尖らせ、心のままに笑うことすらできない人間だった。

そんなレオンの歪んだ心を、優美は無償の笑顔で癒やしてくれた。

彼女を見ているだけでレオンは幸せな気持ちになれる。彼を笑顔にしてくれる、世界でただひとりの女性。優美と過ごす幸せな時間はいくらあっても足りないくらいだ。

だがその幸せな時間が、刻一刻と終わりに近づいていた。

それを実感したとき、レオンは生まれて初めて混乱して狼狽《うろた》えた。

「殿下、こんなことを申し上げてはなんですが、婚約はともかく、発表を急ぎ過ぎではありませんか？」

「ああ、君の言うとおりだ」

「では……」

「だが、婚約を発表しなかったら、このイベントが終われば、私はユミと会えなくなる。それにこの一週間のことは、君も気づいているんだろう？」

レオンが響子に問いかけると、彼女も頭に思い浮かべたようだ。頬を染めてうつむいてしまう。

毎夜——レオンは優美を彼のベッドで抱き続けた。

優美をひとりで目覚めさせないため、ゲストルームのベッドはほとんど使っていなかったはずだ。そんなふたりの関係が、ベッドメイクをする部屋係のスタッフに気づかれないわけがない。

「支配人にも言われたよ、一夜で一万ドルなら、次は七万ドルを贈るつもりか、と」

「で、では、あの支配人宛てに送られてきた小切手は……そういう意味だったのですか⁉」

響子の声は明らかにレオンを責めていた。

とくに口止めしたわけでもないのに、安斎はレオンと優美のことを誰にも言わなかったようだ。彼の口の堅さは称賛に値する。

どうも、ここのスタッフはみんな優美のことが気に入っているらしい。

（まあ、私自身も骨抜きなわけだが……）

レオンは照れた顔を隠し、優美が呼ばれたという二十八階にそそくさと向かったのだが――どうしたことか、彼女はすでにそこにはいなかった。

顔を合わせた安斎は、首を捻りながら答える。

「レセプション階に戻られていないのですか？　ひとりでも大丈夫だと言われて、わたくしより先に行かれたのですが……」

「いったい、どうなってるんだ⁉」

そう叫ばずにはいられないレオンだった。

☆　☆　☆

レオンが自分のことを探し回っているなど知るはずもなく、優美は三十七階のトップスイートに戻っていた。

ゲストルームに入るなり、鏡の前に立った。ゆっくりと両サイドのピンを抜き、髪に飾られたティアラを外す。

頭に載せられたときにも感じたが、手にしてさらに重さを実感する。これに比べれば、少女につけてあげたものなどオモチャのようだ。

サイドテーブルの上に置いたとき、ゴトンと鈍い音がした。

『オープンパーティで婚約者を披露する』

国王はたしかにそう言った。

レオンの独身主義を嘆いていた国王は、彼の結婚が決まったと喜んでいた。それはフレデリックのおかげだ、と。彼の企画したイベントがきっかけとなり、そしてそれには優美の協力もあった、と言うことだろう。

国王夫妻は、レオンと優美の関係まで知っているわけではないと信じたい。

（それでお礼なんて言われたら……本当に娼婦みたい）

全身の力が抜けていくようだ。

優美がやらなければならない仕事は残っている。一刻も早くレセプションフロアに戻り、オープンパーティの席でプリンセスとして振る舞うこと。それが、彼女に与えられた最後の役目だ。

だがその席にはレオンの婚約者が来ている。

国王の言葉はそういう意味だろう。

一昨日の夜、フレデリックが現れる寸前まで、レオンはエレベーターの中でまで優美を求めてくれた。

ふたりはこれ以上ないくらい、愛し合ったはずなのに……。

（やだ……わたしったら、何を勘違いしてるの？　愛し合ったわけじゃなくて、わたしが愛しただけ……レオンはわたしのお願いを聞いてくれただけだもの）

優美は鏡に映る偽りのプリンセスをみつめ、クスッと笑った。

いつの間にか、本物になったつもりでいた。『優美様』と呼ばれて、いい気になっていたのだ。レオンと対等な立場で、恋をしている気分だった。

（レオンは王子様なのに、ね）

鏡に向かってそっと呟く。

「王子様とお姫様は、末永く幸せに暮らしました。おしまい――さあ、今日が最後。潔く舞台から下りなきゃね」

声にしたことで涙が零れそうになり、グッと息を止める。

優美が強引に笑おうとしたそのとき、後ろでパンパンと手を叩く音が聞こえてきた。

「誰!?」

驚いて振り返った彼女の目に映ったのは、開いた扉にもたれかかるようにして立つフレデリックの姿。

「フレデリック殿下、ここで何をしていらっしゃるんですか?」

「レオンも真面目そうに見えて、ヒドイことをするなって思ってね。君はごく普通の家庭に育ったお嬢さんみたいだし」

優美に同情するような口ぶりで、フレデリックはゲストルームに入り込んできた。

フレデリックは危険だ。優美のことを軽視して、レオンが手放せば簡単に自分のものにできると思っている節がある。

一度外したティアラを優美は急いで髪に戻した。

「まさか、パーティに出ようなんて考えてないよね?」

「出なくてどうするんですか? イベントはまだ終わってませんから……失礼しま……きゃっ!」

足早にフレデリックの横をすり抜けようとしたとき、彼に腕を掴まれた。

「は、放して……手を、放してください」

「ひょっとして、レオンの婚約を壊そうとか思ってる？　悪いけど行かさないよ」

「そんなっ⁉　そんな馬鹿なことはしません！」

「女は怖いからねぇ。でも、正直言うとなんで婚約って話になったのか、俺にもよくわからないんだ」

彼は首を捻りながら、やたら優美に身体を押しつけてくる。

だが、フレデリックがわからないと言うのはなんのことだろう。

レオンの結婚相手が、という意味か？　それとも、レオンが結婚する気になった理由が、だろうか？

「ま、レオンが結婚してくれたら、伯父上という味方ができる。俺にとってもラッキーなんでね」

フレデリックは意味不明なことを呟きながら、さらに身体をすり寄せてくる。

そのため、優美は質問するより逃げる方を優先するが……。

「レオンが傷つけた女性をフォローする名目なら、もうしばらく日本にいられそうだ。俺がたっぷり慰めてあげるから。レオンより俺のほうが上手いよ」

そんな言葉とともに顔を近づけられ、優美は逃げ場を失う。彼女の腕を掴んだ手も、耳朶に触れる吐息も、不快にしか思えない。

この間のように力を込めて突き飛ばそうとするが、今日は警戒しているのか、そう簡単には離れてくれない。レオンに比べたら軟弱そうに見えるフレデリックだが、優美とは比べるべくもなかった。

いつかのフリーライターのことが、優美の脳裏をよぎる。

あのときのようにレオンが助けに来てくれることを願ってしまう。

「いやっ！　放して……レオン、レオン、助けて……」

「同じ失敗はしないよ。それに俺は、レオンの邪魔をさせたくないだけだ。奴は君の王子様じゃないいんだよ」

「そんな……わたしは、邪魔なんて」

身動きが取れない状態にされ、フレデリックの唇が近づいてくる。

優美が諦めてギュッと目を閉じ——次の瞬間、もの凄い力でフレデリックは優美から引き剝がされていた。

「フレデリック!!　おまえという奴は……今日という日に、何をやってるんだ!?」

綺麗に整えていたはずの髪をわずかに振り乱し、レオンは優美を背中に庇うとフレデリックに向かって仁王立ちになる。

優美はレオンの姿を目にして堪えきれなくなり、彼の背に抱きついていた。

「レオン……レオン……」

言いたいこと、尋ねたいことはたくさんあるのに、言葉にならない。

(ああ、でも……聞かないほうがいいのかもしれない)

聞きたくないことは聞かないまま、プリンセスの時間を終えたほうがいい。そのほうがきっと幸せだ。そんな気持ちも浮かんでくる。

だが、涙声で彼の名前を呼ぶ優美を、レオンは優しく抱き寄せてくれた。

「すまない、ユミ。この馬鹿者が女性に手が早いことはわかっていたが、私の花嫁《ニユンペー》にまでこんなことを……」

彼が優美を気遣ってくれていることはわかったが、興奮しているせいか、日本語にフォルミナの言葉がチャンポンになっている。所々、英語も聞こえてきて、優美には何も答えられない。

だが、言われるままでは気の済まない人間がひとり——フレデリックだ。

壁に叩きつけられ、したたかに背中を打ったようで顔を顰めながら立ち上がろうとしている。

彼は戸惑う優美とは違い、レオンの言葉に混乱の極みと言った声を上げた。

か!?」


「花嫁《ブラウドウ》?　意味がわからない。おまえは彼女に対して責任は取らないと言ったじゃないか!?」

今度はおそらくフレデリックの母国語、ヒュランダルの言葉が混じっているようだ。それは聞き慣れない言葉で、優美の耳には暗号のように聞こえてくる。

「責任?　ああ、私がユミを求める気持ちは責任ではない、と言いたかっただけだ」

「いやいや、ちょっと待てよ。万一のときはおまえの希望に従わせるって……堕胎を強要するか、子供を取り上げて養子に出すつもりじゃなかったのか?」

そのフレデリックの言葉を聞くなり、レオンの形相が変わった。

「おまえは私を侮辱しているのか!?　おまえとは祈る神が同じでも、神への誓いは大幅に異なる。私の中に、殺人に等しい行為の選択肢はないし、ユミに選ばせるつもりもない！　その汚らわしい言葉を二度と私に聞かせるな！」

激昂してフレデリックを怒鳴りつける。

だが今度は、フレデリックのほうも逆切れしたように怒り始めた。

「俺はただ……おまえの後始末をしてやろうと思っただけだ！　俺のせいじゃないぞ。おまえが主語を省くから悪いんだ!!」

「主語を省いても言葉が通じる。裏の意味を察しながら理解する。それが日本語の美学だと私は習った。フレデリック、おまえには下半身の節度と語学力が足りないようだな」

鼻で笑うようにレオンは言い返す。

もちろんフレデリックも負けてはおらず、

「へー、ご忠告どうも。じゃあ、俺にも言わせてくれ。——節度ある男はエレベーターの中でズボンを脱いだりしない。それに、ご自慢の語学力だが……花嫁にも通じてないぞ。美学抜きで勉強し直せ!!」

吐き捨てるように言い、彼はゲストルームから出て行った。


優美はただ呆然としていた。

(今の……何?)

ふたりは数ヶ国語を混ぜながら、それでも基本的には日本語で会話していた。すべて聞いていたはずなのに、優美にはどう理解したらいいのかわからない。

(『ニュンペー』とか『ブラウドゥ』とか……それって、花嫁の意味? わたしのことを言ってるの? いや、そんな、まさか……)

頭の中にいろんな言葉が飛び交い、日本語さえよくわからなくなる。

「ユミ、フレデリックの最後の言葉だが……」

「は、はい……えっと」

「私たちは何度も愛し合った。言葉や態度でも示してきたつもりだ。私は君に愛されている、と思っていたんだが……それは間違いだろうか？」

レオンは迷子の子供のように、不安そうな表情で優美の顔をみつめている。

どう答えたらいいのだろう。間違ってはいないが、優美の理解はフレデリックの心情に近い気もする。

「間違って……ないです。わたしはレオンのことを愛しています。でも、レオンが『愛してる』って言ってくれるのは、わたしがお願いしたから、ですよね？」

彼女は暗闇を探るように、レオンの顔色を窺いながら聞いてみた。

すると、レオンは深いブルーの瞳を限界まで見開いたのだ。

「ちょっと待ってくれ。それは……ああ、そう言えば、君はそんなことを言っていたかもしれない。だが、心から愛してもいないのに、セックスのために愛の言葉を口にする男だと、君は本気で思っていたのか？」

信じていなかったことを咎められた気がして、優美の目に一瞬で涙が浮かぶ。

「ごめ……ん、なさ……い、わた……し」

レオンが作っていると思い込んでいた身分の壁。だが、決して乗り越えることのできない壁を、最初に作り上げていたのは自分のほうだったのかもしれない。

それに気づき、優美は情けなくてどうしようもなくなる。ちゃんと謝って、釈明しようと思うのだが、嗚咽で声にならない。

そんな彼女の涙に、今度はレオンのほうが慌て始めた。

「い、いや、違う、君のせいじゃない。悪いのは私だ。どうか、泣かないでくれ」

優美の頬に手を伸ばしかけ、だが、触れる寸前にレオンは手を引く。

「奴の言うとおりだ。私は自分が美しく流暢な日本語を話している、と勝手に思っていた。言葉は学問や芸術である前に、気持ちを伝えるための手段であるはずなのに」

「いいえ……いいえ、わたし……わたしが、レオ……ンを、信じて……」

声に詰まった優美の頬を、レオンはいたわるように左右から包み込む。そして、蕩けるようなまなざしで彼女の顔をみつめた。

「君に出会った一瞬で、私は恋に落ちた。私は心から君のことを愛している。ユミ、どうか私の妻となり、私の子供を産んでほしい——私は今、結婚を申し込んでいる。それが伝わっていなかったら教えてくれ」

誤解のしようがないほど、完璧なプロポーズの言葉だった。

だが、レオンに身分のこだわりがないことはわかったが、彼の両親——国王と王妃はどうだろうか。

フォルミナ共和国の国民は？

アディントングループの総帥である彼の祖父は？

考え始めると、次々と不安が押し寄せる。

「わたしも、レオンのことを愛しています。でも、国王陛下や王妃様は反対されませんか？　それに、わたしたちは出会ってまだ一ヶ月くらいしか……」

「結婚すればこの先、ざっと半世紀以上、一緒に過ごすことになる。お互いのことを深く知る時間はたっぷりある。それと、私の両親とはすでに顔を合わせたと聞いたんだが、ふたりともご機嫌だったろう？」

「それは……」

フレデリックのように何か誤解されているのではないか、と思ったが、レオンが「それはない」とキッパリ否定した。

なんでも、すでに優美の身上書まで渡してあると言うのだから、開いた口が塞がらない。

（プロポーズの答えはイエス前提ってこと？　あ、ひょっとして『希望に従ってもらう』って、こういう意味？）

「婚約せずに交際を続ければ、君をパパラッチの標的にしてしまうかもしれない。だが、正式な婚約者であれば、全力で守れる。ユミ、私はフォルミナ共和国民であり、アメリカ国民でもある。だが、どちらも私が守るべき国ではない」

そう言ったレオンの声には苦悩の色が滲んでいた。

「今の私は、称号だけの彷徨《さまよ》える王子だ。どうか、私の生きる指針になってほしい」

その言葉がレオンの心の声、本当のプロポーズに聞こえる。

「わたしに……なれますか?」

「君でなければダメなんだ」

優美の身体を包み込むようにレオンは優しく腕を回し、そして強く抱きすくめた。それは大切なものを守ろうとする、思いの籠もった抱擁。

この腕に、自分のすべてを託してみよう、そんな覚悟が優美の心に芽生える。

「……はい。わたしを、あなたのプリンセスにしてください」

「ありがとう、ユミ――ありがとう《エフハリストー》」

フォルミナ語が聞こえてくると同時に、レオンの唇が優美の唇に押し当てられた。

チュッ、チュッとリップ音がゲストルームに広がる。軽い口づけが、しだいに舌を搦めた濃厚なキスに変わっていく。

(えっと、レセプションに行かなきゃ。あと、オープンパーティまでそんなに時間がなかったような)

いろいろ頭の中には浮かぶのだが、自分からキスをやめることができない。

そのとき、優美が慌ててつけたせいか、ティアラがずれて落ちそうになった。

「おっと、落として壊したら大変だ」

レオンがさっと手を伸ばし、摑んでくれた。

「すみません。今日のは凄く重くて……前のとは違うんですね」

「ああ、土台は銀で作られた本物だからね。でも、そんなに重かったかい？」

「それはもう、首が疲れるって言うか……え？　ほ、ほん、もの!?」

レオンはティアラを手に、ニッコリ笑って「そうだよ」と答える。

以前、〝代々王太子妃が受け継ぐプリンセスのティアラ〟があり、最終選考会で渡されたのはレプリカと聞いた。今回、期間限定でアディントン・コートに展示するため、本物のティアラを日本に持ち込んでいたと言う。

「展示、しなかったんですか？」

「私のプリンセスが決まったんだ。展示するより、本物のプリンセスの髪に飾るほうがふさわしいだろう？」

彼の言うことはよくわかる。『本物のプリンセスの髪に飾る』のが正解だと思う。だが、優美にはひとつ気になることがあった。

「あの……このダイヤって本物ですよね？」

「もちろんだよ」

ティアラは十九世紀に作られた品で、中央に約十カラットのコーンフラワーブルーと呼ばれるサファイアがあり、全体にちりばめられたダイヤモンドの総量は約二十カラット、金額にして百万ドルは超えるだろうと言われ……。

（わ、わたし、ひゃ、百万ドルを頭につけてたの⁉）

そう言えば――『今日のティアラは絶対に外さないでくださいませ！』

響子がやけに血走った目で『絶対』を強調するはずだ。

「どうしたんだい、ユミ？　美しい宝石は女性の憧れと思っていたんだが、君にとっては違うようだ」

「あ、憧れますよ。憧れますけど、なんと言うか……桁がもう少し控えめなほうがありがたいって言うか。年収以上の金額って、どうもピンとこなくて」

「わかった。君に贈り物をするときは、絶対に金額を知られないようにしよう」

何が可笑しいのかレオンはクスクス笑っている。

「えっと、レオン？　あの、そろそろ下りないと……あっ」

ふたたび抱きしめられ、さっきより熱烈に身体を弄られた。

光沢のあるドレープを手繰り寄せ、ドレスの内側に手を滑り込ませて、優美の脚を撫で上げる。

背筋がゾクリとして、優美の口から甘い吐息が漏れていた。

「三十六時間以上、君に触れていなかったんだ。恋しかったよ、ユミ」

「それは……わたしも、そうですけど、でも……あ、ダメです、そこは……ダメェ」

優美を抱きしめながら首筋に顔を埋める。強く吸われそうになり、慌てて止めた。彼女は今、スクエアネックのアフタヌーンドレスを着ているのだ。その首筋にキスマークをつけられたら……隠しようがない。

「仕方ない、じゃあ、この辺りなら大丈夫かな?」

レオンは襟に指をかけ、ほんの少し押し下げた。白くたわわに実った胸が露わになり、その谷間に顔を埋める。

「あっん……待って、レオン……やぁーっ」

舌を這わしたあとに強く吸われ……彼が唇を離すと、赤い薔薇の花びらが張りついたような痕が残る。

ギリギリだがドレスで隠れる位置。だが、着替えのときに見られてしまうことは避けられない。

ドレスに着替えたときにはなかったキスマークが、脱ぐときにはついていた、となると、その間に何をしていたか丸わかりだ。

「も……う、レオン、ここでやめておかないと……あの、あ……あっ、はぁぅ」

ドレスの下に潜り込んだ指先が、とうとうショーツにまでたどり着いた。レース越しに敏感な部分を撫でられ、優美は腰をもぞもぞと動かしてしまう。

「レースが濡れてる……もう、気持ちいいのかな?」

指の動きはしだいに強くなり、硬く膨らんだ尖りがレースと一緒に抓まれた瞬間、優美の躰から熱い雫が滴り落ちた。

「やっ、あぁぁ……んっんんっ……ん、あぁーっ！」

　蜜液はじわじわとショーツに染み込み、それはあっという間にレオンの指先まで伝わってしまう。

「まだ直接触ったわけでもないのに、こんなに下着を濡らしてしまうなんて。ああ、ほら、もうぐっしょりになってる。このショーツは脱がないとダメだな。ドレスまで濡らしてしまいそうだ」

　レオンの言葉に身体が熱くなり、羞恥心に足がよろけた。そのまま数歩下がり、彼女の背中が扉の横の壁にトンと当たる。

「ユミ……私たちが揃って、オープンパーティを欠席するわけにはいかない」

　高ぶる熱に喘ぐようなレオンの声だった。

「わ、わかって……ます、だから……」

　これ以上触らないでほしい。パーティが終わってから、ゆっくりとベッドで……と思ったが、さすがにそんなことまでは口にできず、優美はレオンの胸を軽く押した。

「いいだろう。では、なるべく早く終わらせるとしよう」

「レ、レオン!?」

　ショーツのサイドリボンがスルッとほどかれた。

ドレス姿のままで彼と——などというつもりで選んだ下着ではなかったが、レオンにそう思われたのだとしたら恥ずかしい。

もう片方のリボンもほどかれ、白い総レースの小さな布が、優美のパンプスの上にはらりと落ちる。

直後、レオンの手が優美の左脚を持ち上げた。

いつの間にスラックスの前を寛がせていたのだろう。すでに天井を向いてそそり勃つ肉棒は露わになっており、すぐさま、蜜を滴らせる穴を的確に塞ごうとする。

「はぁうっ！」

ひと突きで深く押し込まれ、堪えきれずに声が漏れてしまう。

肉棒は最奥をいやらしく蠢き、先端が蜜窟の天井をこすり上げた。優美は翻弄され、涙が浮かんでくる。それはもちろん苦痛ではなく、快楽の涙にほかならない。

レオンは彼女の口まで塞ぎ、開いた唇の間から舌が挿入される。

優美は自分の舌をできる限り奥に引っ込めようとして動かし、彼の舌にチョンと触れてしまった。すぐに避けるが、肉厚のある舌先に追い詰められ、激しく攻め立てられた。それは口腔内を蹂躙されているようで、甘い疼きが下腹部に走る。

性急な抽送、天井を穿つような突き上げ——レオンの攻めに優美はほんの数分で降参の声を上げる。

「あっ……もう、ダメです……も、許し……て、レオ、レオン、あっん、あ、あ、あ……気持ち、よく……て、も、ダメ……」

レオンの首に手を回し、腰を押し当てるように抱きついた。

膣襞を捏《こ》ね回され、激しい蜜音に気が遠くなる。

そして次の瞬間——レオンの雄が爆ぜ飛んだ。白濁の液体を優美の膣内《なか》に浴びせながら、五度、六度と激しい痙攣を繰り返している。

「ユミ……ユミ……んっ、クゥッ！」

レオンの口からも、至福の声が漏れ聞こえてきた。

優美は幸せで、幸せで、胸が喜びに弾け飛びそうなほど、幸せで……。

「好き、レオンが大好き。プリンスでも、そうじゃなくても、あなたが好きです。ずっと、わたしだけのレオンでいてください」

小さな声で呟いたとき、優美の胎内にあるレオンの分身がふたたび力を取り戻していく。

「だからそんな可愛いことを言ってはダメだと……ああ、すまない、ユミ。君には際限なしになってしまう」

「もう、ダメですってば!!」

困った顔をしながら、また口づけをねだってくる。

そんなレオンに真剣に困りつつ……応じてしまう優美だった。

☆　☆　☆

〝あなたもプリンセス！〟――プリンスにエスコートされて、あなたもプリンセスになってみませんか？

宣伝文句が大きく書かれた立て看板は、程なく撤去作業に入ると言う。

オープンパーティが終わり、スタッフだけになった二十八階のパーティ会場〝ロイヤル・ボールルーム〟に、優美はぼんやりと佇んでいた。

パーティが始まってすぐ、レオンと優美の婚約が発表された。

一番驚くだろうと思っていた母や祖母には、声を揃えて『そんな気がした』と言われてしまう。

なんでも夕食会のとき、言葉もなくみつめ合うふたりの様子に、ただならぬものを感じたらしい。さすが年の功だろう。

むしろ、いち早くふたりの仲に感づき、優美のことをからかっていた香奈のほうが驚いていた。

『だって、まさかホントになるなんて……普通思わないでしょ？』

その香奈の言葉に優美も大きくうなずいた。まさかこんな結果になるとは、誰が予想できただろうか。

そんな中、とにかく嬉しそうだったのが国王と王妃だった。優美のことを息子の嫁として認めてくれたのはありがたいが、その分、期待も大きい気がして重圧感が半端ない。

一方で、突然の婚約話に唖然とした関係者も多かった。

とくにアディントングループの重役たちは、後継者として期待するレオンの花嫁にはアメリカ人女性を、と本気で願っていたようだ。

それが相手は日本人、しかも掛け値なしの一庶民と聞き〝ガッカリ〟を通り越して、あからさまな不満を口にする人たちまで出る始末で……。


（やっぱり、前途多難なのかもしれない）

頭の上に載っているティアラがいっそう重く感じ、優美はため息をついた。

「プリンスと婚約して幸せいっぱいってときなのに、ナニため息ついてんの？」

軽い口調で声をかけてきたのは、やっぱりフレデリックだった。

一瞬警戒するが、彼は白いポケットチーフを取り出すなりヒラヒラと振り始める。どうやら、白旗のつもりらしい。

「言っとくけど、レオンが本気で惚れた女に手を出す気はないから。俺は雑食だけど、その辺のルールは守る主義なんだ。あと、失敗して子供ができたら、責任は取るつもりでいる。俺だって堕胎は悪だと思ってるよ……念のため」

彼の『失敗』という言葉に不快感を覚えたが、生まれ育った環境から言えば、精いっぱいの譲歩なのだろう。そう思い、優美は反論しなかった。

そう言えば、フォルミナの国民はほとんどがカトリックだとレオンが言っていた。

だがこのフレデリックの国、ヒュランダル王国は違った。キリスト教と言ってもいろいろな宗派が入り乱れており、王室は全員プロテスタントになるらしい。ヒュランダルの国教会では女性の牧師もいて、同性愛も認めているというから凄い。

フレデリックの父であり、現在のヒュランダル国王は革新的な人だった。たくさんの改革を進め、中でも男子優先の王位継承順位を、長子優先に変えたのも彼だった。

ただ、急激な改革により、様々な場所でひずみが生まれている。

「次は女王って決まってるんだけど、やっぱり国王のほうがいいって年寄りも多くてね。とりあえず、俺はプリンスのまま、ヒュランダルから離れられない運命なんだ。どこにでも行けて、『結婚する』のひと言で誰とでも結婚できるレオンが羨ましいよ」

フレデリックはちょっと切なそうに笑って言った。

優美は思わず彼に同情して、

「殿下には行きたいところがあって、結婚したい方がいらしたんですね。ヒュランダルから離れたいのに、離れられないなんて……でも、いつかお姉様が女王陛下になられて、後継者もお生まれになったら状況は変わりますよ！」

ふと気づけば、一生懸命にフレデリックのことを励ましていた。

そんな彼女のことを奇異なものでも見るように、フレデリックはまじまじとみつめている。

「あの……わたし、何か失礼なことを言いましたか？」

「いや。さっきの言葉、ちょっと訂正する。〝君と〟結婚できるレオンが羨ましい――ってね」

軽くウインクされ、優美はびっくりしてほんの少しときめいてしまった。

「誤解で嫌な思いをさせて悪かった」

フレデリックは彼女の耳元でささやいたあと、アディントン・コートをあとにしたのである。

（フレデリック殿下って、意外に悪い人じゃなかったみたい。認めてもらえたみたいで、

ちょっと嬉しいかも）

優美がそんな思いでフレデリックのことを考えていたとき、仕事で彼女の傍を離れていたレオンが帰ってきた。

やはりレオンにはブルーブラックのタキシードが一番だ。スタンダードなハンサムだから、奇抜なものではなくオーソドックスなものがよく似合う。

うっとりと見惚れてしまいそうになる優美に、レオンは気色ばんで尋ねてきた。

「ユミ、フレデリックと何を話したんだ？」

「フレデリック……殿下ですか？　どうかなさったんですか？」

まだ仲直りしてなかったのかと思い、優美はドキンとする。

だがあの程度の喧嘩なら、従兄弟同士の彼らにとって日常茶飯事だと言う。殴り合いの喧嘩をしても、次に会ったときにはケロッと忘れていつもどおりらしい。

（わたしと香奈ちゃんみたいなものかな？）

彩恵とは六歳も離れているため、ほとんど喧嘩はしなかった。だが、三歳上の香奈とはしょっちゅう喧嘩している。それでもとくに仲が悪いとは思えない。

「自分もユミのような女性に会えたら、結婚を考えてもいいと言ったんだ。あの放蕩者が、信じられない」

レオンは呆れた様子で首を振っている。

そう言えば『レオンが羨ましい』なんてことを優美も聞いた気がする。わざわざレオンにまで話したということは、本気ではなく、からかっただけではないだろうか。

優美はそう思ったが、

「君と出会う順番が、フレデリックのあとでなくて本当によかった」

レオンは真剣な表情で呟いている。どうやら冗談ではないらしい。

優美は可笑しくなって、フフッと笑う。

「順番なんて、どちらでも一緒ですよ。だって、わたしはあなたじゃなきゃ、好きになりませんでしたから」

そう答えた直後、レオンに抱きしめられた。

「レ、レオン？　ここは、パーティ会場ですよ！　スタッフがいるんですから、やめてください!!」

「大丈夫だ。これ以上はしないから」

「あ、当たり前ですっ！」

優美は必死に答える。

「それとも、全員人払いしたら、ここでもＯＫしてくれる？」

「人……払い、ですか？　えーっと、どうしようかな」

本気で考え込む彼女を見て、レオンは肩を揺すって笑い始めた。

「ユミ、人払いなんてしたら、何をしているかみんなに知られてしまって、人払いの意味がなくなってしまうんだが。それでもOK?」

「そんなのOKじゃないです！　わかってるなら聞かないでくださいっ!!」

少し離れた場所では、響子や安斎も笑っていた。優美もふくれているのが馬鹿らしくなり、ついつい頬が緩んできてしまう。

まだまだ不安なことはたくさんある。本当にこのままプリンスと結婚していいのか、この先、何が起こるのかもわからない。

だが……優美はレオンの手にそっと自分の手を重ねた。

「そういうことは、お部屋に戻ってから……だったら、いいです。えーっと、わたしのこと、ずっと好きでいてくださいね」

はにかみながら、優美は精いっぱいの思いを伝える。

「ああ、もちろんだ。私たちはこれから、恋人になり、夫婦になり、家族になる。ずっと愛し合い、支え合って生きていこう。このアディントン・コートで働くすべての従業員の前で誓う。ユミ、君を愛している」

次の瞬間、ふたりは喝采に包まれ――。

ふと気づいたとき、頭上にある〝プリンセスのティアラ〟が、ほんの少し軽く感じた優美だった。

あとがき

はじめまして&こんにちは、御堂志生《みどうしき》です。

『ロイヤル・プリンスの求婚　今日から私がお姫様』でオパール文庫四冊目になりました！

それもこれも皆様のおかげです。どうもありがとうございます。

本作のテーマですが、ロイヤルの話題ってけっこう目にしません？

女性週刊誌には必ずと言っていいほど見出しになってますし……私も好きですけど、世間一般の女性も好きなんじゃないかなぁ、と。こういうイベントがあったら楽しいよね、と思ったのがプロットを作ったきっかけでした。

ネットで検索すると、世界の王族とか画像や情報もかなり詳しくわかるんですよ。ホント、便利な時代になりました。

私が一番記憶に残ってるのは、英国の故ダイアナ元妃の結婚式。子供のくせにテレビの特集にかじりついてた覚えが……。当時の雑誌、今も持ってます（苦笑）。

欧州の王族情報をチェックしてると、ギリシャの王族が出てくるんですよ。不思議に思って調べてるうちに、本作のヒーロー、レオンのイメージが固まりました。

ええ……ということで、今回はエーゲ海に国を一個作りました（笑）。

前作はシークの国まで（文字通り）飛んで行きましたが、本作の舞台は日本オンリーです。しかも、ほとんどホテルの中ですねぇ。これがミステリーなら、クローズド・サークルってヤツ？（いや、事件は起こらないから……）

ちなみに、アディントン・コートのモデルは日本橋《にほんばし》の某ホテルです。ビルの高さはちょっと変えてます。内装も宮殿風に……これが受けるかどうかは「？」ですが……。

ヒロインの優美《ゆみ》ちゃんは幼稚園の先生です。でも、幼稚園の先生って大変ですよ～。自分でやるとなったら、絶対に無理だと思う。

イラストは辰巳仁《たつみじん》先生！　オパール文庫さんでは『五年目のシンデレラ』に続き二冊目、他社さんも含めると四冊目になります。辰巳先生、ありがとうございます。

レオンの等身大ポスター、私も欲しいっ!!

表紙はお姫様抱っこです。プリンセスはやっぱりコレじゃないとね。

最後に――拙著を楽しみに待っていて下さる読者様、岡山《おかやま》で何かあったとニュースになれば心配してメッセージをくれるお友達、いつも好きなテーマで書かせて下さる太っ腹な担当様や素敵な作品に仕上げて下さる関係者の皆様、それから大切な家族に……感謝の言葉を。皆様の優しさをいつも感じております。本当にありがとう。

そしてこの本を手に取って下さった〝あなた〟に、心からの感謝を込めて。

またどこかでお目に掛かれますように――。

御堂志生

ありがとう
ございました！

きっと実家の階段には
響子さんにもらった
レオン等身大ポスターが
貼ってあるんだと
思います。

辰巳 仁

Illustration gallery

レオン
キャラクターラフ

優美
キャラクターラフ

表紙イラスト下絵

イラストラフ

Opal

ロイヤル・プリンスの求《きゅう》婚《こん》

オパール文庫をお買い上げいただき、ありがとうございます。
この作品を読んでのご意見・ご感想をお待ちしております。

ファンレターの宛先
〒102-0072　東京都千代田区飯田橋3-3-1
プランタン出版　オパール文庫編集部気付
御堂志生先生係／辰巳 仁先生係

オパール文庫＆ティアラ文庫Webサイト『L'ecrin《レクラン》』
http://www.l-ecrin.jp/

著　者――**御堂志生**（みどう しき）
挿　絵――**辰巳 仁**（たつみ じん）
発　行――**プランタン出版**
発　売――**フランス書院**
〒102-0072　東京都千代田区飯田橋3-3-1
電話（営業）03-5226-5744
　　（編集）03-5226-5742
印　刷――誠宏印刷
製　本――若林製本工場

ISBN978-4-8296-8248-7 C0193